KB110693

프루스트의 독서

■ 이 도서의 국립중앙도서관 출판시도서목록(CIP)은
서지정보유통지원시스템 홈페이지(http://seoji.nl.go.kr)와
국가자료공동목록시스템(http://www.nl.go.kr/kolisnet)에서 이용하실 수 있습니다.
(CIP제어번호: CIP2017034794)

프루스트의 독서

마르셀 프루스트
백선희 옮김

마음산책

옮긴이 **백선희**

덕성여자대학교 불어불문학과를 졸업하고 프랑스 그르노블 제3대학에서 문학
석사와 박사 과정을 마쳤다. 로맹 가리, 밀란 쿤데라, 아멜리 노통브, 피에르 바
야르, 리디 살베르 등 프랑스어로 글을 쓰는 중요 작가들의 작품을 우리말로 옮
겼다. 옮긴 책으로 『마법사들』『흰 개』『레이디 L』『밤은 고요하리라』『하늘의
뿌리』『웃음과 망각의 책』『예상 표절』『올랭프 드 구주가 있었다』 등이 있다.

프루스트의 독서

1판 1쇄 인쇄 2018년 1월 1일
1판 1쇄 발행 2018년 1월 5일

지은이 | 마르셀 프루스트
옮긴이 | 백선희
펴낸이 | 정은숙
펴낸곳 | 마음산책

편집 | 이승학 · 최해경 · 최지연 · 성종환   디자인 | 이혜진 · 최정윤
마케팅 | 권혁준 · 김종민   경영지원 | 박지혜

등록 | 2000년 7월 28일(제13-653호)
주소 | (우 04043) 서울시 마포구 잔다리로 3안길 20
전화 | 대표 362-1452 편집 362-1451   팩스 | 362-1455
홈페이지 | http://www.maumsan.com
블로그 | maumsanchaek.blog.me
트위터 | http://twitter.com/maumsanchaek
페이스북 | http://www.facebook.com/maumsanchaek
전자우편 | maum@maumsan.com

ISBN 978-89-6090-358-6 03860
    978-89-6090-359-3 (세트)

* 책값은 뒤표지에 있습니다.

책을 읽을 때 우리는 언제나 자기 자신에서
조금 벗어나 여행하기를 좋아하지 않나.

프루스트라는 미로

백선희

"프루스트를 읽으셨습니까?"라는 질문을 받고 자신 있게 읽었다고 대답할 사람은 생각보다 그리 많지 않을 것이다. 세계적인 명성에 비해 많이 안 읽히는 작가, 작품을 끝까지 읽는 것이 위업처럼 여겨지는 작가들이 있다. 그중 한 사람이 바로 프루스트다. 3000페이지가 넘고 4세대에 걸쳐 200명 넘는 인물이 등장하며 이야기가 꼬리를 물고 뻗어가는 『잃어버린 시간을 찾아서』는 한번 들어가면 무사히 출구를 찾을지 알 수 없는 미로 같은 작품이다. 프루스트가 이 작품을 집필하는 데 들인 시간이 흔히 13년이라고 하지만 사실은 그의 온 삶이 이 작품에 바쳐졌다고 해도 과언이 아니다. 관찰력과 기억력이 비상했던 그가 어릴 적부터 기억의 창고에 쌓아온 모든 것, 젊은 시절 사교계를 드나들며 관찰한 모든 것이 이 방대한 작품의 재료가 되었다. 가정부이자 비서이자 동반자로 마지막 10여 년을 프루스트와 함께 산 셀레스트 알바레Céleste Albaret는 그의 사교계 출입이 작품을 위해 필요한 것들을 "조달"하기 위한 것이었다고 말한다. 필요한 재료를 충분히 비축한 그는 서른여덟의 나이에 완전히 집에만 틀어박혀 『잃어버린 시간을 찾아서』를 집필하기 시작했다. 어려서부터 천식을 앓아 병약했던 그는 벽면마다 코르크를 붙여 소리를 틀어막은 침실에서 누운 채 글을 썼다. 그렇게 자신만의 공간에서 자신만의 시간을 살았다. 오후 3, 4시 즈음에 일어나서 동이 틀 때까지 일하고 오전에 잠들었다. 마지막 8년 동안은 하루 종일 우유 곁들인 진한 커피 한 잔(혹은 두 잔)에 크루아상 하나(혹은 둘)만 먹을 뿐 다른 음식물은 거의 섭취하지 않고 쓰고 또 썼다. 그가 바랐던 "문학의 거대한 사원"("내가 원하는 것은 문학에 하나의 거대한 사원을 건립하는 거예요. 그래서 쉽사리 끝이 나지 않는 것이랍니다." 조르주 벨몽, 『나의 프루스트 씨』, 심민화 옮김, 시공사, 2003년, 260쪽 참조)을 건립하기 위해 끊임없이 수정하고 가필했다. 그의 육필 원고를 보면 여백마다 수정 메모가 빽빽이 채워져 있고, 그것도 모자라 아코디언처럼 접어 붙인 가필 노트까지 덕지덕지 붙였다. 가장 긴 가필 노트는 무려 1미터 40센티나 되었다고 한다.(같은 책, 294쪽.) 작품을 끝내기 전에 죽을까 두려워했던("난 아직 끝내질 못했는데 죽음이 내 뒤를 바짝 쫓고 있어요") 그는 원고를 끝내고 몇 달 뒤 완전히 소진한 상태로 숨을 거두었다. 그렇게 그가 온 삶을 쏟아 창조해낸 건 그저 한 편의 소설 작품이 아니라 살아 꿈틀대는 하나의 거대한 세계였다.

쉴 새 없이 글을 썼던 프루스트는 역작 『잃어버린 시간을 찾아서』 외에도 번역 작품과 신문 칼럼, 산문시와 단편, 다른 작가들의 책을 위한 서문과 많은 편지를 남겼다. 이 책은 그가 쓴 세 편의 서문을 모은 것이다. 영국 작가 존 러스킨의 책을 번역하고 쓴 역자 서문 한 편과 지인들의 책을 위해 쓴 서문 두 편이다. 세 편 모두 다른 작가의 책에 '대한' 글인 셈이다. 그러나 프루스트의 펜은 형식에 얽매이지 않고 놀랍도록 자유롭게 뻗어 나간다. 서문도 그에게는 자기 글을 쓰기 위한 행복한 구실일 뿐이다.("프루스트에게 러스킨은 그저 '행복한 구실'일 뿐이었다"라고 쓴 장 보느로Jean Bonnerot의 표현을 차용했다.)

첫 번째 글은 프루스트가 유일하게 번역한 작가 러스킨의 작품 『참깨와 백합』(1906년 프랑스판 출간)을 위해 쓴 역자 서문이다.(프루스트는 7년 동안 러스킨의 작품을 두 권 번역했다. 1904년 내놓은 『아미앵의 성서』가 첫 번역 작품이다.) 이 지면에서 프루스트는 러스킨의 책에 대한 언급은 거의 없이 어린 시절의 독서 기억을 떠올리며 독서에 관한 흥미로운 성찰을 펼친다. 그는 독서를 우리가 서가에 손을 뻗어 맛보기만 하면 되는 수동적인 행위로 여기지 말아야 한다고 말한다. 독서는 우리 내면의 문을 열어주는 열쇠요 정신적 삶의 문턱으로 이끄는 안내자이니, 그 문턱에서 멈출 게 아니라 우리가 홀로 그 문을 열고 안으로 들어서야 한다는 것이다. 『잃어버린 시간을 찾아서』를 예고하는 이 텍스트는 프루스트의 가장 아름다운 글 중 하나로 손꼽혀 단행본으로도 여러 차례 출간되었다.

두 번째 글은 리타 드 모니의 캐리커처 모음집 『비스투리 왕국에서』를 위해 쓴 편지 형식의 서문이다. 길고 무게감 있는 첫 번째 서문과는 대조적으로 짧고 가벼운 이 글에서 저자는 아쉬움 올 가장한 찬사를 전하며 캐리커처 화집 저자의 남편과 함께했던 사적인 추억을 떠올린다. 그가 쓴 모든 글이 거의 그렇듯이, 이 추억 역시 하나의 퍼즐 조각이 되어 『잃어버린 시간을 찾아서』를 채운다.

세 번째 글은 폴 모랑의 단편집 『달콤한 비축품』에 부치는 서문이다. 여기서도 프루스트는 겨우 글 말미에 이르러 폴 모랑을 "사물들을 새로운 관계로 잇는 작가"라고 슬쩍 추켜세울 뿐 그의 책에 대해서는 아무 말 않고, 문학과 동시대 작가들에 대한 자신의 생각을 풀어놓는다. 생트뵈브를 매섭게 공격하고, 보들레르의 겸손을 안타까워하고, 스탕달을 옹호하고, 아나톨 프랑스의 주장에 반박한다.

번득이는 지성과 섬세한 감성의 절묘한 조화, 정교한 묘사, 신랄하고 거침없는 필치, 호흡 긴 문장들……. 프루스트의 글을 읽는 건 그가 완전한 정적과 고독 속에서 만들어낸 미로 속으로 들어서는 것이다. 따라가기 벅찰 만큼 끝없이 이어지는 그의 문장을 좇다 보면 간혹 길을 잃을지도 모른다. 그러나 오직 그의 목소리에만 귀 기울이고 나아가면 다른 모든 소리가 멀어지고 시간이 멈추는 듯한 느낌이 들 것이다. 그가 말하듯이, 문장과 문장 사이의 틈을 메우는 수백 년 된 침묵을 듣게 될 수도 있을 것이다. 길 잃는 것조차 달콤해져 미로를 벗어나고 싶은 마음마저 사라져버릴 수 있을 것이다. 그러다 보면 어느 순간, 이 위대한 건축가가 세운 '거대한 사원'을 마침내 보게 될지 모른다.

차 례

모든 문장은 사실 다른 문장과 닮았다.
문장들은 모두 한 인물의
유일무이한 억양으로 말해지기 때문이다.

일러두기

1. 이 책은 평론가, 번역가이기도 했던 작가 마르셀 프루스트가 쓴 산문, 그중에서도 자신이 번역한 책과 타인의 책에 서문으로 실은 글들을 엮은 것으로 그의 독서 편력과 지성의 깊이를 알려주는 명문으로 일컬어진다. 이 글들은 저작권이 소멸된 저작물로서 원문은 『La lecture est une amitié』(Le castor astral, 2017)를 참조했다. 아울러 2장과 3장의 원제는 「서문Préface」으로, 한국어판은 이를 바꿔 달았다.

2. 외국 인명·지명·작품명 및 독음은 외래어표기법을 따르되 관용적인 표기와 동떨어진 경우 절충하여 실용적 표기를 따랐다.

3. 원주는 각주로 달고 따로 밝혔으며, 옮긴이 주는 글줄 상단에 맞추어 작게 표기했다.

4. 국내에 번역된 책은 번역된 제목을 따랐고, 아직 번역되지 않은 책은 원어 제목을 독음대로 적거나 필요한 경우 우리말로 옮겨 적었다.

5. 영화명, 프로그램명, 곡명, 잡지와 신문 등의 매체명은 〈 〉로, 장편소설과 책 제목은 『 』로, 단편소설과 논문 제목, 기타 편명은 「 」로 묶었다.

독서에 관하여

이 글은 마르셀 프루스트가 영국의 사상가이자 비평가 존 러스킨John Ruskin의 『참깨와 백합Sesame and Lilies』을 프랑스어로 옮기고 쓴 서문으로 원제는 「Sur la lecture」다.

「피렌체에 관한 수기Notes sur Florence」로 러스킨에게
희열을 안겼을 알렉상드르 드 카라망시메Alexandre de Caraman-
Chimay 내공 부인께서 마음에 들어 하신 이 글을 모아 깊은 경의를
표하며 존경하는 마음으로 그분께 바칩니다.

—마르셀 프루스트

　　어린 시절의 날들 가운데 아마 우리가 좋아하는
책과 더불어 보낸 날들, 살지 않고 흘려보냈다고 생
각했던 그런 날만큼 충만하게 산 날들이 없을 것이
다. 다른 이들의 날들을 채우는 것 같던 모든 것을
우리는 숭고한 즐거움을 가로막는 저속한 장애물로
여겨 멀리했다. 가장 재미난 대목을 읽을 때 친구가
찾아와 같이하자던 놀이, 읽던 페이지에서 눈을 들거
나 자리를 옮기게 만들던 성가신 꿀벌이나 햇살, 떠
안겨서 가져오긴 했지만 건드리지도 않고 벤치 옆자
리에 놓아둔 간식, 우리 머리 위 파란 하늘에서 해가
점차 힘을 잃어갈 때 집으로 돌아가 먹어야 했던 저

녀 식사. 우리는 그저 얼른 식사를 끝내고 당장 방으로 올라가 읽다 만 장章을 마저 읽고 싶은 생각뿐이었고, 독서는 이 모든 것을 그저 성가신 일로 느끼게 했다. 그런데 독서는 그런 날들에 참으로 감미로운 기억을 새기니(지금 생각해보면 그 시절 우리가 그토록 애정을 쏟으며 읽었던 것보다 이 기억이 훨씬 소중하다), 오늘날 옛날의 그 책들을 뒤적이면 그 책들은 흘러가버린 날들에서 우리가 간직한 유일한 달력과 같아서, 더는 존재하지 않는 거주지며 연못 들이 그 책들의 지면에 비쳐 보일까 희망을 품게 된다.

나처럼 방학 동안 했던 독서를, 피난처가 되어줄 만큼 평화롭고 신성한 시간 속에 숨겨서 이어갔던 독서를 기억하지 않을 사람이 누가 있을까. 아침에 모두가 '산책'하러 나가고 나면 나는 정원에서 돌아오면서 슬며시 식당에 숨어들었는데, 아직 먼 점심시간까지 비교적 조용한 펠리시 할머니 말고는 아무도 들어오지 않을 그곳에는 독서를 대단히 존중해주는 친구들뿐이었다. 벽에 걸린 채색 접시들, 전날의 페이지를 막 뜯어낸 달력, 벽시계와 난롯불. 이들은 이야기를 주고받을 뿐 우리에게 대답을 요구하지 않는데, 의미 없는 감미로운 그 말들은 우리가 읽고 있는 말의 의미를 인간의 말처럼 다른 의미로 대체하려 들지 않는다. 나는 난롯불 가까이에 놓인 의자에 앉곤 했는데, 부지런한 정원사 삼촌이 점심시간에 그걸 보면 이렇게 말할 터였다. "그거 나쁘지 않군! 불 좀 쬐는 거라면 아주 잘 견딜 수 있지. 6시에 채소밭은 정말이지 추워. 그런데 부활절이 일주일 뒤라니!" 슬프게도 독서를 중단시킬 점심 식사까지는 아직 두 시간이 족히 남았다. 이따금 물을 쏟아낼 펌프 소리가 들려와 그쪽으로 눈을 들어 닫힌 창 너머를 바라보게 만드는데, 그곳 아주 가까이에, 팬지 화단의 가장자리를 반달 모양으로 벽돌과 도기로 두른 작은 뜰에 하나뿐인 오솔길이 있다. 팬지꽃은 너무도 아름다운 하늘, 마을의 지붕들 사이로 간간이 보이는 교회의 채색 유리가 비친 듯 다채로운 색을 띤 하늘, 소나기가 내리기 전의 슬픈 하늘, 혹은 소나기가 내린 뒤 하루가 끝나갈 무렵의 슬픈 하늘에서 꺾은 것처럼 보였다. 불행히도 요리사는 식탁을 차리려고 한참 일찍

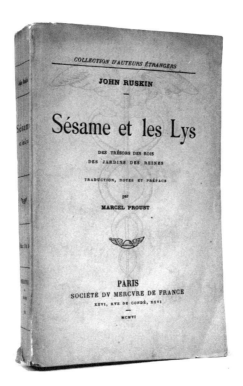

마르셀 프루스트가 프랑스어로 옮긴
『참깨와 백합』 초판. 메르퀴르드프랑스, 1906.

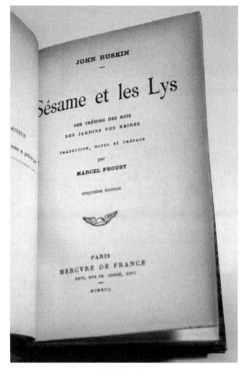

프랑스판 『참깨와 백합』 속표지.

왔다. 그녀가 아무 말 없이 식탁을 차린다면 좋을 텐데! 그러나 그녀는 이런 말을 꼭 해야 한다고 생각하는 것 같았다. "불편하겠어요. 식탁을 가까이 당겨드릴까요?" 그저 "괜찮아요. 고마워요"라는 대답만 하려해도 독서를 멈추고 먼 곳에서 내 목소리를 데려와야 했다. 목소리는 입안에서 달음박질하며 소리 없이 눈이 읽은 모든 말을 되풀이하고 있었는데, 제대로 말하려면 목소리를 멈춰 세우고 밖으로 꺼내야만 했다. "괜찮아요. 고마워요"는 목소리에 잃어버렸던 평범한 삶의 모습을, 억양을 부여해준다. 시간이 흐르면 대개 점심시간이 되기 훨씬 전에, 지쳐서 산책을 일찍 끝낸 사람들, "메제글리즈 쪽으로 갔"던 사람들, 혹은 오늘 아침엔 "써야 할 것이 있어서" 외출하지 않았던 사람들이 식당에 속속 도착했다. 그들은 "널 방해하고 싶지 않아"라고 하고는 이내 불 가까이 다가와 시계를 보고, 점심이 맛있겠다고 말하곤 했다. 그들은 "글을 쓰려고 남"았던 남자나 여자에게 특별히 공손한 태도를 보이며 "편지는 쓰셨습니까?"라고 물었고, 그 '편지'가 마치 국가 기밀이자 특권이요, 행운이자 불쾌한 일이라도 되는 것처럼 존경과 비밀, 음탕과 절제가 뒤섞인 미소를 지었다. 더는 기다리지 못하고 식탁의 정해진 자리에 미리 앉는 사람들도 있었다. 이야말로 참담한 일이었는데, 새로 도착하는 다른 사람들에게 나쁜 본보기가 되고 벌써 12시가 된 걸로 착각하게 만들어 나의 부모님이 치명적인 말을 너무 빨리 하게 될 것이기 때문이다. "자, 책 덮어라. 곧 점심 먹을 거야." 모든 것이 준비되었고, 식탁보 위에는 식기가 완전히 차려졌다. 식사가 끝난 뒤에야 가져올 물건, 원예가이자 요리사인 삼촌이 직접 식탁에서 커피를 만들 때 쓰는 유리 기구, 좋은 향기를 퍼뜨릴, 물리 기구처럼 복잡한 관 모양의 도구만 빠졌다. 유리종 속에서 순식간에 물이 끓어올랐다가 향기 나는 갈색 가루가 김 서린 유리벽에 남는 걸 보는 건 정말 기분 좋은 일이었다. 그리고 같은 삼촌이 미식가의 예지력과 채색 전문가의 경험을 발휘해 언제나 일정한 비율로 휘저어 섞다가 적절한 분홍색이 될 때 정확히 멈추는 크림과 딸기도 식탁에서 빠졌다. 내게는 점심 식사가 얼마나 길게 느껴지던지! 대고모는 요리마다 맛만 보고 반대 의견을 용인은 해도 받아들이지는 않는 부드러운 태도로 평을 내놓았다. 그녀는 소설이나 시처럼 자기 분수를 잘 아는 분야에 대해서는 여성다운 겸손을 보이며 언제나 가장 정통한 이들의 의견을 따랐다. 그녀는 그런 분야는 변덕에 따라 춤을 추므로 한 사람의 취향이 진리를 결정하지 못한다고 생각했다. 그러나 어머니에게 규칙과 원칙을 배운 분야, 어떤 요리를 만드는 방법이라든가 베토벤 소나타를 연주하는 방식, 손님을 맞이하는 방식에 대해서는 완벽에 대한 정확한 생각을 품고 있었고, 다른 사람들이 완벽에 어느 정도 근접했는지 식별할 수 있다고 자신했다. 요리, 연주, 손님맞이, 세 가지 모두가 완벽함은 거의 동일했다. 수단의 간결성, 절제 그리고 매력. 그녀는 양념이 꼭 필요하지 않은 요리에 양념을 넣는 것, 페달을 과도하게 밟아 부자연스럽게 연주하는 것, "손님을 맞이하면서" 완벽하게 자연스러운 태도에서 벗어나 지나치게 자기 얘기를 하는 것을 끔찍이 싫어했다. 한 입만 먹어봐도, 첫음절만 들어도, 짤막한 쪽지만 봐도 그녀는 상대가 훌륭한 요리사인지, 진짜 음악가인지, 제대로 교육받은 여자인지 안다고 자부했다. "저 여자는 나보다 손가락이 더 많을지는 몰라도 이렇게 단순한 안단테를 저렇게 과장해서 치다니 심미안이 없어" "아주 똑똑하고 장점이 많은 여자인지는 몰라도 이런 상황에서 자기 얘기를 하다니 요령이 없어" "박식한 요리사인지는 몰라도 스테이크와 감자튀김은 할 줄 모르는군". 스테이크와 감자튀김! 단순하지만 어려워 경연 대회의 이상적인 과제가 되는 이 요리는 요리 분야의 〈비창 소나타〉와 같은데, 어느 하인에 관해 알아보려고 당신을 찾아온 귀부인의 방문이 사회생활에서 갖는 의미와 이 요리가 식도락에서 갖는 의미는 마찬가지다. 이런 방문 같은 단순한 행동에서 요령이 있는지 교육을 제대로 받았는지가 드러날 수 있는 것이다. 나의 할아버지는 자존심이 아주 강해서 모든 요리가 성공하기를 바랐는데, 요리에 관해 아는 바가 없어서 요리를 망쳐도 전혀 알지 못했다. 그는 이따금, 사실은 아주 드물게 요리를 망쳤다고 인정했는데, 그건 순전히 우연의 결과였다. 대고모의 언제나 의욕 넘치는 비평은 오히려 요리사가 어떤 요리를 제대로 할 줄 몰랐다는 의미여서 할아버지에게는 정말이지 용납하기 힘든 일로 보일 수밖에 없었다. 종종 할아버지와 논쟁을 벌이지 않으려고 대고모는 입술 끝으로 맛을 보고는 의견을 내놓지 않았는데, 그것만으로도 우리는 즉각 호의적이지 않은 의견이라는 걸 알 수 있었다. 대고모는 입을 다물었지만 우리는 그녀의 온화한 눈길 속에서 신중하고 확고한 반대를 읽을 수 있었고, 그 눈길은 할아버지를 격분하게 만들었다. 할아버지는 빈정거리며 대고모에게 의견을 말하라고 재촉하고, 그녀의 침묵을 못 참고 질문을 쏟아내며 화를 내고 다그쳤지만, 우리는 대고모가 할아버지의 생각대로 앙트르메에 설탕이 너무 많이 들어간 게 아니라고 고백하게 하는 것보다 차라리 순교하게 하는 편이 더 쉬우리라는 걸 느낄 수 있었다.

점심 식사가 끝나면 나의 독서는 바로 이어졌다. 특히 날이 조금 더워서 사람들이 "자기 방으로 물러가려고" 올라가면 나는 나지막한 작은 계단을 통해 바로 내 방으로 올라갈 수 있었는데, 하나뿐인 층이 아주 낮아서 창문만 넘으면 어린아이가 뛰어도 길에 내려설 정도였다. 나는 창문을 닫으러 갔다가 맞은편에 사는 무기 제조업자가 건네는 인사를 미처 피하지 못할 때가 많았다. 그 사람은 차양을 내린다는 구실로 매일 점심 식사 후에 내 문 앞으로 파이프를 피우러 와서 행인들에게 인사를 건네고 이따금 멈춰서는 행인들과 이야기를 나누곤 했다. 메이플과 영국 실내장식업자들이 줄곧 적용해온 윌리엄 모리스의 이론에 따르면 방은 우리에게 유용한 것들만 간직하고 있어야 아름답다. 간단한 못 하나부터 유용한 모든 것이 숨겨 있지 않고 드러나 있어야 아름답다는 것이다. 삼각형 구리 틀이 고스란히 드러난 침대 위, 그 위생적인 방들의 헐벗은 벽에는 걸작 복제품이 몇 점 걸려 있었다. 이 미학 원칙에 따라 판단해보자면 내 방은 결코 아름답지 않았다. 왜냐하면 아무 짝에도 쓸모없는 것들이 가득한 데다, 그것들이 어딘가 쓰이는 물건들을 부끄러운 듯이 감추고 있어 그 물건들을 사용하는 것조차 극도로 어렵게 만들었기 때문이다. 그러나 내 방은, 나의 편리를 위해서 있는 것이 아니라 그저 저들이 즐거워서 그곳에 온 것처럼 보이는 바로 그 물건들에서 아름다움을 끌어내고 있었다. 성소 깊은 곳에 자리한 것처럼 사람들의 눈길을 피해 침대를 높이 가린 흰색 커튼, 마르셀린 비단으로 만든 발 이불, 꽃무늬 누비이불, 수놓인 침대 덮개, 삼베 베갯잇이 어지럽게 널려 있는데, 성모의 달에 꽃과 꽃줄 아래 자리한 제단처럼 그 아래로 하루가 사라졌다. 그리고 밤이 되면 나는 누울 수가 없어서 그것들을 조심스레 안락의자 위에 가져다놓곤 했다. 그 물건들은 그곳에서 밤을 보내는 데 동의했다. 침대 옆에는 파란색 그림이 그려진 유리잔, 같은 종류의 설탕 그릇과 물병(내가 엎지르는 걸 보게 될까 봐 겁낸 고모의 명령에 따라 내가 도착한 다음 날부터 늘 비어 있다)이 삼위일체를 이루며 제례 도구처럼—그 물건들 옆 유리병에 담긴 귀한 오렌지꽃 술만큼이나 성스럽게—자리하고 있는데, 나는 그것들이 축성된 성합이라도 되는 것처럼 모독하거나 개인적인 용도로 사용해선 안 될 것만 같았고, 옷을 벗기 전에 잘못 움직여서 쓰러뜨릴까 봐 오래도록 응시하곤 했다. 안락의자 등받이에 하얀 장미 망토처럼 둘러진, 뜨개바늘로 뜬 그 작은 별들에는 아마 가시가 달려 있었을 것이다. 왜냐하면 내가 책을 다 읽고 일어나려 할 때마다 등이 거기에 걸려 있곤 했기 때문이다. 유리종 아래 자리한 벽시계는 속된 접촉으로부터 격리된 채 멀리서 온 조개껍데기들과 감상적인 늙은 꽃 한 송이를 위해 친근하게 수다를 떨고 있었는데, 그 종을 들어 올리기가 너무 무거워 벽시계가 멈췄을 때 시계공 말고는 누구도 경솔하게 시계태엽을 감을 엄두를 내지 않았다. 꽃병 두 개, 구세주의 그림 한 점, 축성된 회양목 가지 하나로 장식된 서랍장 위에 하얀 레이스 식탁보가 제단 덮개처럼 깔려 있어 서랍장은 마치 성단聖壇처럼 보였다.(매일 '방 청소를 끝내고' 그곳에 정리해두는 기도대 때문에 더 그런 느낌이 들었다.) 그러나 서랍 틈새에 낀 레이스 술을 보면 그런 느낌이 잦아들었는데, 나는 손수건 하나를 꺼내려다가 단번에 구세주의 그림과 성스러운 꽃병과 축성된 회양목 가지를 쓰러뜨리지 않을 수 없었고, 넘어지는 기도대를 붙잡느라 비틀거리지 않을 수 없었다. 삼중으로 포개어 걸린 작은 평직 커튼, 큰 모슬린 커튼, 더 큰 능직 커튼은 햇볕을 자주 쬔 산사나무처럼 언제나 새하얗게 웃는 얼굴이었지만, 나란히 줄지어 선 나무봉 주위에서 서툴고 고집스레 펄럭여서 사실 아주 성가셨다. 내가 창문을 열거나 닫으려 하면 서로 뒤얽혀서 하나를 떼어내면 항상 대기하고 있던 다른 하나가 즉각 그 자리를 차지하려고 달려들어 틈을 완전히 메워버리니, 꼭 진짜 산사나무 덤불이나 무슨 변덕이 발동해서 그런 곳에 지은 제비 둥지에 막힌 것만 같았다. 따라서 십자형 유리창을 열고 닫는 작업은 겉보기에 아주 단순해 보였지만 집안 누군가의 도움을 받지 않고는 나 혼자 결코 해내지 못했다. 이 모든 것은 나의 어떤 필요에도 부합하는 게 아닐 뿐 아니라 심지어 나의 필요를 충족시키는 데 가벼운 방해가 되었고, 누군가에게 유용하게 쓰이려고 그곳에 있는 것이 결코 아니었으며, 종종 숲속 빈터에서 만나는 나무들 혹은 길가나 낡은 담장에서 만나는 꽃들처럼 그곳에서 살기로 선택했고 그곳이 마음에 든다는 듯 흡족한 얼굴을 하고 내 방을 개인적인 생각들로 채우고 있었다. 이 물건들이 조용하고 다양한 삶과 신비로 내 방을 가득 채워서 나는 그곳에서 길을 잃은 듯하면서도 동시에 매혹된 기분이었다. 이 모든 것은 내 방을 일종의 예배당으로 만들었고, 햇빛이—삼촌이 창문 위쪽에 끼워 넣은 붉은색의 작은 채색 유리를 통과할 때면—산사나무 빛깔의 커튼들을 분홍색으로 물들인 뒤 벽 위로 오묘한 빛을 내리꽂으면 작은 예배당을 채색 유리가 있는 큰 중앙 홀이 감싸고 있는 것처럼 보였다. 축일에는 꽃길이 놓여 성당의 임시 제단과 우리 집을 이어줄 정도로 우리 집이 성당과 가까워서 종소리가 아주 크게 울렸기에 나는 종소리가 우리 지붕에서, 창문 바로 위에서 울린다고 상상할 수 있었다. 그 창문에서 종종 나는 성무 일과서를 든 신부님께, 저녁 예배를 보고 돌아오는 고모에게, 혹은 축성된 빵을 우리에게 가져다주는 성가대 아이에게 인사를 했다. 메이플 방들의 벽난로와 벽에 걸린, 브라운이 찍은 보티첼리의 〈봄〉 사진이나 릴 미술관의 〈낯선 여인〉 모형들은 윌리엄 모리스가 무용한 아름다움을 허용한 부분인데, 내 방에는 무시무시하면서 멋진 군복 차림의 외젠 대공을 그린 판화가 그 자리에 대신 걸렸다는 걸 고백해야겠다. 어느 날 밤 나는 요란한 증기기관차 소리와 우박이 쏟아지는 소란 속에서 여전히 무시무시하면서 멋진 대공이 역 식당 문 앞에 서 있는 걸 보고 깜짝 놀란 적이 있는데, 그는 그곳에서 어느 특별한 비스킷 광고 모델로 쓰이고 있었다. 오늘 나는 예전에 어느 제조업자가 선심을 부려 덤으로 준 그 물건을 나의 할아버지가 받아서 내 방에 영구히 자리 잡게 한 것이 아닐까 의심한다. 그러나 그때는 그것의 역사적이면서 불가사의해 보이던 출처에는 신경 쓰지 않았고, 그것을 한 인물처럼, 내 방에 영구히 거주하는 인물처럼 간주하고 내가 그와 방을 공유할 뿐이라고 생각했으며, 매년 언제나 똑같은 모습의 그를 볼 수 있었기에 그것이 여러 점 존재할 수 있으리라고 상상하지 못했다. 이제 그를 본 지도 오래되었는데 아마 다시는 보지 못할 것 같다. 그러나 그를 다시 볼 행운이 내게 일어난다면 보티첼리의 〈봄〉보다는 그가 내게 할 말이 훨씬 많을 것 같다. 나는 고상한 취향을 가진 사람들이 걸작의 복제품들을 조각된 나무 액자에 담아 자기들의 주거시를 장식하고 감탄하며 그 작품의 소중한 이미지를 기억할 수고를 던다고 해도 상관 않는다. 고상한 취향을 가진 사람들이 그들의 방을 그들 취향의 이미지로 만들고, 오직 그 취향이 인정할 수 있는 것들로만 방을 채워도 상관 않는다. 하지만 나는 모든 것이 내 삶과 뿌리 깊이 다른, 내 취향과 정반대되는 삶의 언어요 창작물인 방, 나의 의식적 생각이라곤 조금도 만날 수 없는 방, 내 상상력이 '나 아닌 존재' 한가운데 잠겼다고 느끼며 열광하는 방에서만 살고 생각한다는 느낌이 든다. 나는 바깥바람이 난방장치의 노고를 깔아뭉개어 싸늘한 복도가 길게 이어지는 시골 호텔—역이나 항구 근처 또는 성당이 자리한 광장 근처 호텔—에 발을 들여놓을 때만 행복해진다. 그곳에선 자세한 면 소재지 지도가 벽에 걸린 유일한 장식물이고, 모든 소리가 오직 정적靜寂을 이동시켜 드러나게 하는 데 쓰이고, 방들마다 곰팡내가 배어 창문을 활짝 열어 씻어내도 지워지지 않고, 콧구멍이 백 번이고 공기를 들이마셔

1894년 극작가 로베르 드 플레르(왼쪽),
작가 뤼시앵 도제(오른쪽)와 마르셀 프루스트(앞).

상상 세계로 가져가면 달뜬 상상력이 그 공기를 모델처럼 세워 그것이 품은 모든 생각과 기억을 제 안에서 재창조하려고 시도한다. 저녁에 방문을 열면 그곳에 흩어져 남아 있던 삶을 침해하는 것 같고, 문을 닫고 걸어가 탁자나 창문까지 들어서면 무례하게 그녀(삶)의 손을 붙잡는 느낌이다. 면 소재지의 실내장식업자가 파리의 취향이라고 생각하고 가져다놓은 소파에 허물없이 그녀와 함께 앉는 느낌이다. 마음을 흩뜨리려고 짐짓 친밀한 척 아무 데나 내 물건을 내려놓고, 영혼 근처까지 낯선 이들로 가득하고 장작받침쇠의 형태와 커튼의 무늬까지 그들 꿈의 흔적을 간직하고 있는 그 방에서 주인 행세를 하며 낯선 양탄자 위를 맨발로 걸으면 그 삶의 벌거벗은 몸을 마구 더듬는 느낌이다. 그리고 떨리는 마음으로 빗장을 걸면 그 비밀스러운 삶과 단둘이 갇히는 느낌이다. 그녀를 침대에 눕히고 함께 누워 하얀 시트를 얼굴까지 덮는데, 그러는 사이 아주 가까이서 성당의 종소리가 죽어가는 사람들과 사랑하는 사람들의 불면의 시간을 온 마을에 알린다.

방에서 책을 읽은 지 얼마 되지 않았는데 나는 마을*에서 1킬로미터 정도 떨어진 공원에 가야만 했다.

* 왜 그런지는 알지 못하지만 우리가 마을이라 불렀던 곳은 〈조안 안내서〉가 대략 3000명의 주민이 거주한다고 알려주는 면 소재지다.(원주)

그러나 어쩔 수 없이 해야 했던 놀이를 하고 난 뒤에 강가에서 바구니에 담긴 간식을 아이들에게 나눠주면 나는 아직 읽지 말라는 명령과 함께 책이 놓인 풀밭에 앉아 서둘러 간식을 끝냈다. 조금 더 멀리 공원 깊숙이 들어가면 꽤나 거칠고 신비스러운 곳에서 강은, 백조로 뒤덮고 미소 짓는 조각상들이 오솔길 가장자리를 두르고 있고 이따금 잉어가 튀어 오르고 빠른 속도로 공원 울타리를 지나가는 반듯하고 인위적인 물이 아니라, 말 그대로 지리학적 의미의 강—이름을 가진 강—으로 변했고, 소들이 잠자는 풀밭으로 지체 없이 이어져(조각상들 틈으로, 그리고 백조들 아래로 흐르던 그 강이 맞을까?) 미나리아재비들을 물에 잠가 초원을 늪지대처럼 만들었는데, 초원은 중세의 유적이라고들 말하는, 형태를 알 수 없는 탑들 덕에 한쪽으론 마을과 이어져 있고 다른 쪽으론 찔레나무와 산사나무가 우거진 오르막길을 통해 마을 반대편의 무한히 펼쳐진 '자연'과, 다른 이름을 가진 마을들 그리고 미지와 이어졌다. 나는 다른 아이들이 공원 아래쪽, 백조들 곁에서 간식을 끝내도록 남겨두고 미로 속을 달려 나무가 만들어준 천연 정자까지 올라갔고, 아무도 찾지 못하게 가지가 다듬어진 개암나무에 등을 기대고 앉아 아스파라거스 묘목을, 딸기밭 가장자리를, 어떤 날에는 말들이 맴을 돌아 물을 일렁이게 만드는 연못을, 조금 더 높이 눈을 들어 '공원의 끝'인 하얀 문을, 그 너머로 수레국화와 개양귀비가 핀 들판을 바라보았다. 정자 속 정적은 깊었고 발견될 위험이 거의 없어 저 아래 멀리서 들려오는 나를 찾는 헛된 외침은 안전함을 더 달콤하게 만들었다. 간혹 사방을 찾아다니며 첫 비탈길을 올라 가까이 다가오던 소리도 아무것도 찾지 못하고 되돌아갔다. 그러고 나면 아무 소리도 들리지 않았다. 이따금 들판 너머 파란 하늘 뒤에서 울리는 것만 같은 황금 종소리만이 흘러가는 시간을 알려줄 뿐이었다. 그러나 나는 종소리의 부드러움에 놀라고, 마지막 소리를 비우고 나면 이어지는 더 깊은 침묵에 마음이 흔들려 종소리가 몇 번 울렸는지 한 번도 확신하지 못했다. 그것은 마을로 돌아갈 때—가까이서 보면 파란 하늘에 까마귀 떼가 간간이 앉은 청석돌 지붕을 모자처럼 우뚝 세운, 높고 뻣뻣한 본래의 크기를 되찾은 성당 근처를 지날 때—들리는 "지상의 행복"을 위해 광장에 소리를 폭발시키듯 쩌렁쩌렁 울리는 종소리가 아니었다. 그 종소리는 공원 끝에서 약하고 부드럽게 올라왔고, 나를 향한 것이 아니라 온 들판을, 모든 마을, 밭에서 홀로 일하는 농부들을 향하는 것이기에 결코 내게 고개를 들게 만들지도 않았고, 내 곁을 지나 먼 곳으로 시간을 실어 가면서 나를 보지도 나를 알지도 못했고, 방해하지도 않았다.

이따금은 집에서, 침대 속에서, 저녁 식사 후에 오래도록, 저녁의 마지막 시간들을 내 독서로 채우곤 했는데, 다만 내가 책의 마지막 장에 이르러 끝에 도달하기까지 읽을 양이 많지 않은 날들만 그랬다. 그럴 때면 발각되어 벌을 받을 위험을 무릅쓰고, 그리고 책을 다 읽고 나서 어쩌면 밤새도록 이어질지도 모를 불면을 감수하고 부모님이 잠자리에 들자마자 나는 촛불을 다시 켰다. 정적에 잠긴 무기 제조업자의 집과 우체국 사이로 난 가장 가까운 길에는 어둡지만 파란 하늘에 별이 총총했고, 왼쪽으로 모퉁이를 돌아서면 오르막이 시작되는 턱 높은 골목길에는 조각상들이 밤에도 잠들지 않는 성당의 시커멓고 기괴한 제단 후진이 불침번을 서고 있었다. 성당은 마을의 것이면서 역사적인 장소로 하느님의, 축성된 빵의, 알록달록한 성인들의, 그리고 이웃 성에 사는 귀부인들의 마법 같은 체류지였다. 축제일이면 귀부인들은 미사를 보려고 마차를 타고 장터를 가로질러 암탉들이 꼬꼬댁거리게 만들고, 아낙네들이 쳐다보게 만들고, 돌아갈 때는 회전문을 밀 때마다 중앙 홀에 떠도는 빛의 루비들이 흩뿌려지는 성당문의 그림자를 벗어나기 무섭게 광장의 제과점에서 차양이 햇볕을 가려 보호하고 있는 탑 모양의 케이크 몇 개를 샀다. '망케' '생토노레' '제누아즈'. 그 달콤하고 나른

한 냄새가 내게는 대미사의 종소리와 일요일의 유쾌한 활기와 섞여 남았다.

얼마 후 마지막 페이지를 읽었고 책은 끝났다. 눈의 광적인 뜀박질을, 그저 숨을 고를 때만 깊은 한숨을 내쉬며 멈출 뿐 소리 없이 따르던 목소리의 뜀박질을 멈춰야만 했다. 이럴 때면 나는 내 안에서 아주 오래 전부터 들썩이던 동요를 다른 활동으로 이끌어 마음을 가라앉히기 위해 일어나서 침대를 따라 걷기 시작했고, 눈길을 고정할 무언가를 방 안이나 밖에서 찾지만 헛수고였다. 눈이 바라보는 것은 영혼의 거리에 위치하는데, 다른 거리처럼 미터나 리里로 측정되지 않는 거리, '딴생각'을 하는 사람처럼 '아득한' 눈길로 바라볼 때의 거리를 다른 거리와 뒤섞는 것은 불가능하기 때문이다. 그래서? 이 책은 그저 책이었을 뿐일까? 살아 있는 사람들에게보다 더 관심과 애정을 기울였던 이 존재들, 우리가 얼마나 그들을 사랑했는지는 여전히 차마 털어놓지 못하지만, 심지어 부모님이 책을 읽고 있는 우리를 발견하고 감동한 우리 모습에 미소 지을 때는 책을 덮으며 짐짓 무관심하거나 지루한 척 표정을 지어 보이지만, 우리는 그 책 속의 존재들 때문에 조마조마 숨을 죽이거나 흐느껴 울었는데, 이제 더는 그들을 보지 못할 테고 그들에 대해 아무것도 알지 못하게 될 것이다. 저자는 이미 몇 페이지 전부터 잔인한 '에필로그'에서, 거기까지 한 발 한 발 관심을 갖고 따라온 사람으로선 믿기 힘들 만큼 무심하게 그들과 '거리'를 두려고 애썼다. 지금까지 그들 삶의 매 시간이 어떻게 쓰였는지 우리에게 얘기했다. 그러다가 별안간 "그 사건들이 있고 20년 후 푸제르 거리에서 여전히 꼿꼿한 한 노인을 만날 수 있었다"라고 하는 것이다.* 그리고 결혼

---

* 직설법 반과거—삶을 덧없으면서 동시에 수동적인 무엇처럼 제시하는 이 잔인한 시제는 우리의 행위를 그릴 때조차 환상을 덧붙이고 과거 속으로 빠뜨려 활동에 대한 안도감을 온전히 남겨주지 않는다—의 어떤 용법은 내게 불가사의한 슬픔의 마르지 않는 샘처럼 남아 있다. 오늘도 나는 몇 시간 동안 죽음을 생각하고도 평온할 수 있다. 생트뵈브Charles Augustin Sainte-Beuve의 『월요일Lundis』을 펼쳐서 이를테면 라마르틴의 이런 문장(달바니 부인에 관한)만 읽어도 이내 우수가 엄습해 오는 게 느껴졌다. "그 시절엔 아무것도 그녀 안에 무언가를 떠올리지 못했다……. 그녀는 몸무게에 눌려

키가 살짝 내려앉은 자그마한 여자였다……." 소설 속에서
고통을 주려는 작가의 의도가 너무도 눈에 보여 우리는 더
경직된다.(원주)

의 달콤한 가능성을 우리에게 힐끗 보여주고, 매번
장애물을 등장시켰다가 치워서 우리를 겁에 질렸다
가 기뻐하게 만드는 데 책 두 권 분량을 써놓고, 하늘
에서 떨어졌는지 우리의 열정에는 무심한 웬 인물이
작가를 대신해서 쓴 것 같은 에필로그에서 어느 주
변 인물이 무심코 내뱉는 한 문장으로 결혼식이 거
행되었다는 사실을 알려와 우리는 그것이 정확히 언
제였는지 알 수도 없다. 우리는 책이 계속되기를 너무
도 바라지만, 그것이 불가능하다면 그 모든 인물에
관한 다른 정보들을 얻고 싶고, 그들 삶에 관해 무엇
이라도 알고 싶고, 우리에겐 사랑할 대상이 없으므
로 그들이 우리에게 불러일으킨 사랑과 전혀 무관하
지 않은 무언가에 우리의 삶을 쓰고 싶고*, 내일이면
삶과 무관한 책 속의 잊힌 페이지에 적힌 하나의 이
름에 불과해질지도 모를 존재들을 한 시간 동안 헛되
이 사랑한 것이 아니었길 바라지만, 이제 우리는 우

리가 착각했던 책의 가치를, 이 속세에서 책의 운명을 잘 이해했고, 우리의 부모가 필요에 따라 던지는 멸시조의 말로 알게 되었다. 책은 우리가 생각했던

* 순수한 상상의 산물이 아니라 역사적 실체가 담긴 책들을 대상으로 그런 독서를 우회적으로 시도해볼 수는 있다. 이를테면 발자크의 경우, 어떻게 보면 순수하지 않은 그의 작품에는 거의 변형되지 않은 현실과 생각이 뒤섞여 있어 때로는 이런 유형의 독서에 이상하리만치 적합하다. 적어도 발자크는 『암담한 사건Ténébreuse affaire』과 『현대사의 이면 L'envers de l'histoire contemporaine』에 관해 탁월한 에세이를 쓴 알베르 소렐Albert Sorel을 "역사적인 독자들" 가운데 가장 놀라운 독자로 생각했다. 더구나 열정적이면서 동시에 차분한 즐거움인 독서는 탐구하는 정신과 침착하고 강인한 신체의 소유자인 소렐에게 잘 어울려 보인다. 독서를 하는 동안 시적 정취와 평온이 어우러진 온갖 감각이 건강한 몸에서 경쾌하게 날아와 독자의 몽상 주변에 꿀처럼 감미로운 황금빛 쾌락을 만들어낸다―더구나 독서에 이토록 독창적이고 강력한 명상을 담는 기술을 소렐이 그렇게 완벽하게 펼쳐 보인 건 반쯤 역사적인 작품들에 대해서가 아니다. 『아미앵의 성서The Bible of Amiens』 번역본이 어쩌면 그가 쓴 가장 힘 있는 글 가운데 하나의 주제가 되었다는 사실은―깊이 감사하는 마음으로―언제나 기억될 것이다.(원주)

것처럼 결코 우주와 운명을 담고 있지 않고, 공증인의 서가에서 『패션 도감』과 『외르에루아르 지역 지리』 같은 매력 없는 기록들 틈에 끼어 아주 비좁은 자리를 차지할 뿐이라는 걸…….

「왕들의 보물」에 들어서기 전에 러스킨은 이 작은 책에서 독서에 중대한 역할을 부여하는데, 나는 왜 삶에서 독서가 그런 역할을 하지 않는다고 생각하는지를 보여주기 전에 우리 모두에게 축복 같은 기억으로 남아 있을 어린 시절의 매혹적인 독서들은 이 문제와 별개로 두어야만 했다. 앞에서 그 독서들에 관해 내가 생각하는 바를 전개하며 글의 길이와 성격을 통해 충분히 입증해 보였을 테지만, 그 독서들이 우리 안에 남기는 것은 무엇보다 우리가 독서를 한 장소와 날의 이미지다. 나는 그 독서들의 마법에서 벗어나지 못했다. 그 독서들에 대해 말하고 싶었으나 정작 책이 아닌 다른 것에 대해서만 말했다. 그 독서들이 내게 말해준 것이 책이 아니기 때문이다. 그러나 어쩌면 그 독서들이 차례로 내게 안겨준 기억들

존 러스킨

자체가, 독자에게 꽃핀 에움길에서 능장 부리며 '독서'라고 불리는 독특한 심리적 행위를 머릿속에서 창조하도록 충분한 힘을 안겨, 그 행위 안에서 이제 내가 제시할 몇몇 성찰이 따를 수 있게 해주지 않았을까 싶다.

우리가 알다시피 「왕들의 보물」은 러스킨이 1864년 12월 6일 러숌Rusholme 도서관 건립을 돕기 위해 맨체스터 근처 러숌 시청에서 독서를 주제로 한 강연 내용이다. 12월 14일, 그는 앤코츠의 학교 설립을 돕기 위해 「여왕들의 정원」이라는 제목으로 여성의 역할에 관한 두 번째 강연을 했다. 콜링우드Robin George Collingwood는 『러스킨의 생애와 작품』이라는 탁월한 저서에서 이렇게 말한다. "1864년 한 해 동안 그는 칼라일을 종종 방문할 때 말고는 집에 머물렀다. 그가 『참깨와 백합』이라는 제목의 가장 대중적인 저서가 될* 강연을 12월에 맨체스터에서 할 때 드러난 빛나는 사유에서 그의 육체적 및 지적 건강 상태가 탁월했음을 확인할 수 있다. 영웅적이고 기품 있으며 금

　나중에 이 저서는 두 번의 강연에 「삶의 신비와 예술」이라
는 세 번째 강연이 더해져 늘어났다. 인기 있는 판본들에는
계속 「왕들의 보물」과 「여왕들의 정원」만 실렸다. 이 책은 두
번의 강연만 번역했으며, 러스킨이 『참깨와 백합』을 위해 쓴
어떤 서문도 싣지 않았다. 이 책의 분량과 거기 덧붙인 주석
때문에 어쩔 도리가 없었다. 네 판본(스미스, 엘더 앤드 컴
퍼니Smith, Elder & Co.)만 제외하고 『참깨와 백합』의 많은 판
본들은 모두 러스킨의 전집을 출간한 저명한 발행인이자 러
스킨 하우스의 주인인 조지 앨런의 출판사에서 출간되었
다.(원주)

욕적인 이상과 책과 공공 도서관의 가치를 강조하는
그의 주장에서 런던 도서관 설립자인 칼라일과 나눈
대담의 메아리를 알아볼 수 있다."

　여기서 우리는 러스킨이 펼치는 주장의 역사적 출
처는 괘념치 않고 주장 자체에 대해서만 논의할 생각
인데, 그 주장을 데카르트의 이런 말로 상당히 정확
하게 요약할 수 있겠다. "모든 좋은 책의 독서는 책의
저자인 지난 세기 최고의 교양인들과 나누는 대화나
마찬가지다." 러스킨은 프랑스 철학자의 조금은 무뚝
뚝한 이 생각을 어쩌면 알지 못했을 테지만 그의 강
연 곳곳에서 이 생각을 만날 수 있다. 다만 이 생각

은 그가 좋아하는 화가의 풍경화들을 빛나게 하는 황금빛과 유사한, 영국의 안개가 뒤섞인 아폴로적인 황금빛에 감싸여 있을 뿐이다. 그는 말한다. "우리에게 친구를 잘 선택할 의지와 지혜가 있다고 가정하더라도 우리 가운데 과연 몇이나 그럴 능력이 있을 것이며 우리 선택의 폭은 또 얼마나 제한되었겠습니까. 우리는 우리가 누구를 원하는지 알지 못합니다…….
아주 운이 좋으면 위대한 시인을 힐끗 알아보거나 그의 목소리를 듣거나 우리에게 다정하게 대답해줄 학자에게 질문을 던질 수 있을 것입니다. 장관의 집무실에서 10분의 면담 시간을 얻어내거나 여왕의 눈길을 받을 특혜를 일평생 단 한 번 누릴 수 있을지도 모릅니다. 그러나 우리가 이런 일시적인 우연들을 갈망하느라 세월을 허비하고 이보다 못한 것을 좇느라 우리의 열정과 능력을 허비하는 동안 우리에게 언제나 열려 있는 사회가, 우리의 지위가 어떠하건 우리가 바라는 만큼 오랫동안 우리에게 말을 걸어줄 사람들이 있습니다. 그리고 그 사람들은 수도 많고 상냥해서 온종일 우리 곁에서 기다리게 할 수도 있습니다. 왕과 최고 권력자들이 접견을 허락하기 위해서가 아니라 접견을 얻어내기 위해 초조하게 기다리는 것입니다. 그러니 우리는 도서관 서가처럼 간단한 가구만 채워진 대기실로 이들을 만나러 가지 않아도 되고, 이들이 우리에게 할 말을 한마디도 듣지 않아도 됩니다."(「왕들의 보물」, 『참깨와 백합』, 6쪽.) 러스킨은 덧붙인다. "어쩌면 여러분은 산 사람들과 얘기하는 걸 더 좋아하는 건 그들의 얼굴을 볼 수 있기 때문이라고 말할지도 모르겠군요." 이 첫 번째 반박을, 그리고 두 번째 반박을 논박한 뒤 러스킨은 독서란 우리가 주변에서 알 기회를 가질 수 있는 사람들보다 훨씬 지혜롭고 흥미로운 사람들과의 대화라고 제시한다. 나는 이 책에 덧붙인 주석들에서 제아무리 현명한 사람과의 대화일지라도 독서가 그런 식으로 대화에 비교될 수 없다는 걸 보여주려고 애썼다. 본질적으로 책과 친구가 다른 점은 그 둘이 지닌 위대한 지혜가 아니라 우리가 그 둘과 소통하는 방식에 있다. 독서는 대화와 달리 우리 각자가 다른 생각을 전달받아 혼자 남은 채, 다시 말해 고독 속에서 지적 역량을 즐기는 것인 데 반해, 대화는 고독을 즉각 물리치고 줄곧 영감을 받으면서 정신의 풍성한 작업을 이어가는 것이다. 만약 러스킨이 몇 쪽 뒤에서 서술한 다른 진리들에서 결론을 끌어냈다면 아마도 내 결론과 유사한 결론을 만나게 되었을 것이다. 하지만 그는 **독서**라는 사유의 중심까지 가려고 하지 않았던 게 분명하다. 우리에게 독서의 가치를 알려주려고 그저 일종의 플라톤식의 멋진 신화를 이야기하고 싶었던 모양이다. 우리에게 거의 모든 참된 이념들을 보여주고서 그걸 깊이 연구할 수고는 소심한 현대인들에게 남겨준 그리스인들처럼 단순한 태도로 말이다. 나는 고독 속의 소통이라는 비옥한 기적, 이 독창적 본질을 지닌 독서를 러스킨이 말한 것과 다른 무엇, 그이상의 무엇이라고 생각하지만 그렇다고 우리의 정신적 삶에서 독서가 러스킨이 부여하는 것처럼 중대한 역할을 한다고 보지는 않는다.

독서의 역할이 갖는 한계는 독서가 지닌 미덕의 본성에서 비롯된다. 그 미덕들이 어떤 것인지 나는 여전히 어린 시절의 독서들에 물을 생각이다. 조금 전에 여러분이 보았듯이 내가 식당 불가에서, 내 방에서, 뜨개질한 머리받침을 씌운 안락의자에 파묻혀서, 그리고 멋진 오후 시간 동안 공원의 개암나무와 산사나무 아래에서 읽은 책, 무한히 펼쳐진 들판의 온갖 숨결이 멀리서 소리 없이 내 곁에 놀러와 방심한 내 콧구멍에 한마디 말도 없이 토끼풀과 잠두 향기를 들이밀어 지친 내 눈이 이따금 눈을 들곤 하며 읽던 책, 당신의 눈은 그 책을 향해 숙여도 20년의 거리 때문에 그 제목을 해독하지 못할 테지만, 이런 지각에 훨씬 적합한 나의 기억은 그것이 무슨 책인지 당신에게 말해줄 것이다. 바로 테오필 고티에Théophile Gautier의『프라카스 대위Le Capitaine Fracasse』다. 나는 특히 두세 문장을 좋아했는데, 내가 보기엔 그 책에서 가장 독창적이고 아름다운 문장 같았다. 다른 어떤 작가도 그와 유사한 문장을 썼으리라고 생각되지 않았다. 그런데 나는 그 문장들의 아름다움이 테오필 고티에가 책에서 한두 번 슬쩍 귀퉁이만 보여준 현실에 대응한다고 느꼈다. 그리고 그가 분명히 그 현실 자체를 안다고 생각했기에 나는 그의 다른 책들을 읽고 싶었다. 다른 책의 모든 문장도 그 문장들만큼 아름다울 터였고, 그 문장들이 얘기하는 사물들에 대한 그의 생각이 알고 싶었다. "웃음은 본성상 결코 잔인하지 않다. 그것은 동물과 인간을 구분해주고, 그리스 시인 호메로스의 『오디세이아』에 명시되었듯이, 영원의 여유를 누리며 한껏 위풍당당하게 웃는 행복한 불사신들의 전유물이다."* 이 문장은 내게 진

---

*   사실 이 문장은 『프라카스 대위』에 적어도 이런 형태로는 들어 있지 않다. "그리스 시인 호메로스의 『오디세이아』에 명시되었듯이" 대신에 그저 "호메로스에 따르면"이라고 되어 있다. 그러나 같은 책의 다른 곳에 자리하고 있는 "호메로스가 명시하듯이" "『오디세이아』에 명시되었듯이" 같은 표현들은 내게 동일한 수준의 즐거움을 주었기에, 독자에게 훨씬 인상적인 예문이 되도록 이 모든 아름다움을 감히 하나로 섞었다. 솔직히 말해 이제 나는 이 표현들에 종교적인 경외를 느끼지 않는다. 『프라카스 대위』의 다른 곳에서도 호메로스는 그리스 시인으로 표현되고 있는데, 이 또한 나를 매혹했다는 걸 의심치 않는다. 그럼에도 나는 잊어버린 예전의 기쁨을 정확히 되찾을 수가 없어서, 이 경이로운 말들을 단 한 문장에 모으면서 절도를 넘어서고 과장한 게 아니라고 확신할 수가 없다. 고티에의 한 문장에서 그의 모든 매력을 찾을 수만 있다면 붓꽃과 협죽도가 고개 숙이고

있는 강가에서 내가 산책로의 자갈을 밟으며 『프라카스 대위』의 문장을 거듭 읽고 느꼈던 열광이 훨씬 더 달콤했으리라고 생각하니 아쉬운 마음이 든다. 오늘 나는 기교를 부려 그 모든 매력을 한데 모으려 애써보지만 안타깝게도 아무 즐거움도 느끼지 못한다.(원주)

짜 취기를 안겼다. 나는 고티에만이 드러내줄 수 있었던 이 중세를 통해 경이로운 고대를 본 것만 같았나. 그러나 나는 그가 알지 못할 용어를 잔뜩 써서 어느 성에 대한 지루한 묘사를 늘어놓아 도무지 상상할 수 없게 만든 뒤에는 슬그머니 그런 식으로 말할 게 아니라 책 한 권 분량 내내 저런 유형의 문장들을 써서 말을 했더라면 싶었는데, 그랬다면 책을 다 읽고 나서도 나는 계속 그가 얘기한 것들을 알고 사랑할 수 있었을 것이다. 나는 무척 추운 3월 한 달 내내 걸으며, 발을 구르며, 달리며 책을 읽었고, 책을 덮을 때마다 막 끝난 독서로 들뜨고, 부동성 속에 축적된 힘과 마을 거리마다 부는 건강한 바람에 휩싸여 들뜬 가운데, 진리를 보유한 유일한 현자인 그가 셰익스피어에 대해, 생틴X. B. Saintine. 극작가 에 대해, 소포클레스

55

사진작가 펠릭스 나다르가 찍은 테오필 고티에.

에 대해, 에우리피데스에 대해, 실비오 펠리코Silvio Pellico. 시인, 극작가에 대해 말해주었으면 싶었다. 특히 내가 어떻게 해야 진리에 도달할 행운이 더 많을지, 중학교 1학년을 유급해야 할지 아니면 유급하지 말아야 할지, 그리고 더 나중에는 외교관이 되어야 할지 아니면 파기원의 변호사가 되어야 할지 내게 말해주었으면 싶었다. 그런데 멋진 문장이 끝나자마자 그는 "손가락으로 글씨도 쓸 수 있을 만큼 두텁게 먼지가 쌓인" 탁자를 묘사하기 시작했는데, 내 눈에는 너무도 무의미해서 주의를 기울일 수 없을 것 같은 사물이었다. 그래서 나는 고티에가 나의 갈망을 더 채워주고 마침내 그의 생각 전체를 알게 해줄 다른 어떤 책들을 썼을까 생각하게 되었다.

사실 이것은 아름다운 책의 위대하고 경이로운 특징(독서가 우리의 정신적 삶에 작용하는 본질적이면서 제한된 역할을 이해하게 해줄 특징) 중 하나로, 저자에게는 '결론'이라 불릴 수 있는 것이 독자에게는 '독려'라고 불릴 수 있을 것이다. 우리는 저자의 지혜가 끝나는 곳에서 우리의 지혜가 시작된다는 사실을 아주 잘 느껴서 저자가 우리에게 대답을 주길 바라는데, 그가 할 수 있는 건 우리에게 욕망을 안기는 것이 전부다. 그리고 그가 우리 안에 욕망을 일깨우는 건 자기 예술의 마지막 노력이 도달하도록 허락해준 궁극의 아름다움을 우리가 응시하게 만들 때만 가능하다. 그런데 정신의 시각이 작동하는 법칙, 신의 섭리 같은 기이한 법칙(진리란 누구로부터 받을 수 없고 우리 스스로 만들어내야 한다는 걸 의미할지도 모르는 법칙)에 따라 그들 지혜의 끝은 우리 지혜의 시작처럼 보일 뿐이어서, 그들이 우리에게 말할 수 있는 것을 모두 말한 순간 우리 안에는 그들이 아직 아무것도 말하지 않았다는 느낌이 생겨난다. 게다가 우리가 그들에게 대답할 수 없는 질문을 던지는 건 우리에게 가르침이 되지 못할 대답을 요구하는 것이기도 하다. 사실 시인들에게 사적인 감정을 의미할 뿐인 것에 우리가 문학적 중요성을 부여하는 건 그들이 우리 안에 일깨운 사랑의 효과 때문이다. 작가들은 우리에게 보여주는 각 그림 속에 나머지 세상과 다른 경이로운 풍경을 가볍게 살짝만 담는데, 우리는 그들이 그 풍경 한가운데로 우리를 들어가게 해주길 바란다. 그리고 "유행 지난 꽃들이 자라는 제일란트 정원"으로, "토끼풀과 쑥" 향기 물씬 풍기는 길로, 당신들이 책에서 말해주지는 않았지만 이런 곳들보다 더 아름다우리라 여겨지는 모든 곳으로 "우리를 데려가주세요" 하고 마테를링크에게, 노아유 부인에게 말하고 싶어진다. 우리는 밀레가(화가들은 시인의 방식으로 우리에게 가르쳐주므로) 〈봄〉에서 보여주는 그 들판을 보러 가고 싶어지고, 클로드 모네가 우리를 지베르니로, 센 강변으로, 아침 안개 너머로 보일 듯 말 듯한 강굽이로 안내해주길 바란다. 그런데 사실 그곳들 근처를 지나가거나 그곳에 머물 기회를 제공해 노아유 부인이, 마테를링크가, 밀레가, 클로드 모네가 바로 그길, 그 정원, 그 들판, 그 강굽이를 선택해서 그리게 만든 건 그저 친척이나 지인 관계가 낳은 우연이다. 우리 눈에 그 풍경들이 나머지 세상과 다르고 더 아름다워 보이는 건 그 풍경들이 예술가의 재능에 안겨준 인상을 손에 잡히지 않는 그림자처럼 저희 안에 품고 있기 때문이다. 우리는 예술가가 그려낼 모든 곳의 무심하고 고분고분한 얼굴 위에서 포악하고 개성 넘치는 인상이 떠도는 걸 보게 될 것이다. 그 풍경들이 우리를 매혹하고 실망시키는 외관 너머로 우리는 가고 싶은데, 그 외관은 어떻게 보면 두께 없는 그 사물의 본질 그 자체요 일종의 환각—화폭 위에 붙들린 신기루—이다. 탐욕스러운 우리의 눈이 꿰뚫어보고 싶은 그 안개는 화가의 예술이 남긴 마지막 말이다. 작가가, 예술가가 쏟는 궁극의 노력은 세계 앞에서 우리를 무관심하게 만드는 추함과 무의미의 장막을 부분적으로밖에 들추지 못한다. 그러고 그는 우리에게 말한다. "보라, 보라."

토끼풀과 쑥 향기 물씬 풍기는,
세차게 흐르는 좁은 개울을 낀
엔Aisne과 우아즈의 마을들을.

"반짝이는 분홍빛 조개껍데기 같은 제일란트의 집을 보라. 보라! 보는 법을 터득하라!" 그러고 그는 홀연히 사라진다. 이것이 독서의 가치이고 또한 독서의 결함이기도 하다. 그저 독려뿐인 것을 규범처럼 삼으려는 건 그것에 지나친 역할을 부여하는 일이다. 독서는 정신적 삶의 문턱에 있다. 독서는 우리를 정신적 삶으로 안내할 수는 있지만 그 삶을 이루지는 않는다.

그럼에도 몇몇 경우, 말하자면 우울증 같은 몇몇 병적인 경우에는 독서가 일종의 치료법이 될 수 있고, 거듭되는 독려를 통해 게으른 정신을 정신의 삶 속으로 끊임없이 끌어들이는 임무를 질 수 있다. 그럴 때 책은 정신과 의사가 일부 신경쇠약 환자에게 하는 역할과 유사한 역할을 한다.

일부 신경 질환 환자는 다른 신체 기관이 멀쩡한데도 마치 혼자서는 빠져나올 수 없는 깊은 수렁에 빠진 것처럼 무언가를 원하는 것이 불가능한 상태에 빠져서, 힘센 구원의 손길이 내밀어지지 않으면 그 수렁 속에서 결국 시들어간다. 그의 뇌, 다리, 폐, 위는 온전하다. 일하고 걷고 추위를 견디고 먹는 능력에는 아무 이상이 없다. 그러나 그가 얼마든지 수행할 수 있을 이 다양한 행위를 하고자 하는 게 불가능하다.

이런 의지박약은 신체 기관의 쇠퇴로 이어지고, 그것은 결국 그가 앓지 않는 질병들과 마찬가지의 결과를 가져올 것이다. 환자가 자기 안에서 찾지 못하는 충동이 외부에서, 그를 돌보는 의사로부터 와서 그의 다양한 신체 기관의 의지가 차츰 재활되지 않는다면 말이다. 그런데 이런 환자들과 비교할 수 있을 정신들이 존재한다. 그들의 경우 일종의 게으름* 또는 변덕이 그들 자신의 깊은 내면에, 정신의 진짜 삶이 시작되는 깊은 곳에 자발적으로 내려가는 걸 가로막는다. 그들을 그곳으로 한번 인도한다고 해서 그들이

---

* 나는 이 게으름의 싹을 퐁탄Louis de Fontanes에게서 느낀다. 그에 대해 생트뵈브는 이렇게 말했다. "그는 쾌락주의자 성향이 강했다……. 약간 물질적인 버릇만 없었다면 퐁탄은 그 재능으로 훨씬 더 많은 작품을…… 더 오래갈 작품들을 생산해냈을 것이다." 무능력자는 언제나 자신이 그렇지 않다고 주장하는 법이라는 걸 기억하자. 퐁탄은 이렇게 말한다. "그들 말대로라면 나는 시간 낭비를 하고 있고 / 오직 자기들만이 이 세기의 자랑거리다." 그는 자신이 열심히 일한다고 단언한다. 콜리지의 경우는 이미 훨씬 더 병적이다. 카펜터Edward Carpenter는 말한다.(리보Théodule-Armand Ribot가 『의지의 질병Maladies de la volonté』이라는 멋진 책에

서 인용한 말이다.) "그 시대의 어떤 사람도, 아니 어쩌면 어떤 시대의 사람도 콜리지만큼 철학자의 추론의 힘을, 시인의 상상력을 보여주지 못했다. 그럼에도 그렇게 탁월한 재능을 갖추고 그렇게 적게 발휘한 사람도 아무도 없다. 그의 성격이 지닌 큰 결점은 타고난 재능을 활용하려는 의지의 결핍이었다. 그래서 그의 머릿속에는 언제나 거대한 계획이 떠다녔지만 단 하나도 실천하려고 진지하게 시도한 적이 없었다. 이를테면 그는 작가로 활동을 시작한 초기에 그가 낭송한 시에 대해 30기니를 지불하겠다고 약속하는 너그러운 출판업자를 만났다. 그런데 그 시를 그저 머릿속에서 꺼내 쓰기만 하면 될 텐데 단 한 구절도 가져다주지 않고 매주 구걸하는 쪽을 택했다."(원주)

거기서 진정한 풍요로움을 발견하고 활용할 수 있는 건 아니지만, 이런 외부의 개입이 없다면 그들은 자기 자신을 영원히 망각하고 표면에만 머물며 수동 상태에 빠져 살아서 온갖 쾌락의 노리개가 되고, 주변을 둘러싸고 흔들어대는 사람들의 크기로 축소되고 만다. 어린 시절부터 노상강도들과 함께 살며 너무 오랫동안 이름을 쓰지 않아서 더 이상 자기 이름을 기억하지 못하는 사람처럼 외적인 충동이 그들을 강제로 정신의 삶 속으로 다시 이끌어 그들 스스로 생각하고 창조할 힘을 돌연 되찾게 해주지 않는다면, 결국 그들은 내면에서 그들 정신의 고결함에 대한 모든 기억과 모든 감정을 파괴하고 말 것이다. 그런데 게으른 정신이 자기 내면에서 찾지 못하기에 타인에게서 올 수밖에 없는 그 충동을 정신이 고독 속에서 맞이해야 하는 건 분명하다. 우리가 이미 보았듯이, 그 정신 안에서 되살려야 할 그런 창조적 활동은 고독 밖에서는 일어날 수 없다. 게으른 정신은 순수한 고독에서 아무것도 끌어내지 못할 것이다. 창조적 활동을 스스로 시작할 능력이 없기 때문이다. 그러나 가장 수준 높은 대화도, 가장 절박한 조언도 그에게는 아무 소용이 되지 못할 것이다. 그런 대화나 조언이 그 독창적인 활동을 직접 창출하지는 못하기 때문이다. 따라서 필요한 것은 개입이다. 다른 사람에게서 와 우리 내면 깊숙이 작용하는 개입, 다른 정신으로부터 오지만 고독 속에서 맞이하는 충동 말이다. 그런데 우리가 이미 보았듯이 바로 이것이 독서의 정의이고, 오직 독서에만 적용되는 개념이다. 그러니까 그런 정신에 이로운 영향력을 행사할 수 있는 유일한 수행이 독서다. 기하학자들의 표현대로 "증명 끝"이다. 그러나 이때도 독서는 결코 우리의 사적인 활동을 대체하지 못하고 독려의 방식으로만 작용한다. 독서는 우리가 조금 전에 암시한 신경 질환들의 경우에 정신과 의사가 환자에게 멀쩡한 위를, 다리를, 뇌를 쓸 의지를 복원해줄 뿐이듯이 우리에게 사용법을 일러줄 뿐이다. 게다가 모든 정신은 어느 정도 이런 게으름에, 바닥을 기는 침체에 가담하기에, 아니면 반드시 그런 건 아닐지라도 몇몇 독서들에 이어지는 열광이 개인적인 작업에 긍정적인 영향을 미치기에, 작업을 시작하기 전에 멋진 글을 읽는 걸 좋아하는 작가를 여럿 인용해볼 수 있다. 에머슨은 플라톤을 몇 쪽 다시 읽지 않고 글쓰기를 시작하는 일이 드물었다. 그리고 베르길리우스가 천국의 문턱까지 인도한 시인은 단테만이 아니다.

독서가 마법의 열쇠로 우리가 들어갈 수 없었던 우리 내면의 문을 열어주는 독려자로 남는다면 우리 삶에서 그것이 수행하는 역할은 건강하다. 반대로 독서가 우리를 정신의 사적인 삶에 눈뜨게 하는 것이 아니라 그 삶을 대체하려 한다면 위험해진다. 진리가 오직 생각의 내밀한 발전과 마음의 노력을 통해서 실현할 수 있는 이상처럼 보이는 것이 아니라 책의 지면 사이에 놓인 물질적인 무엇처럼, 다른 사람들이 준비해둔 꿀처럼, 우리가 몸과 정신을 완전히 쉬게 하려고 그저 서가에 손을 뻗어 수동적으로 맛만 보는 무엇처럼 보일 때는 위험해진다. 때로는 조금 예외적이고, 곧 보게 되겠지만, 덜 위험한 경우조차도 여전히 외부의 것처럼 여겨지는 진리는 접근이 어려운 곳에 감춰져 있어 멀기만 하다. 그럴 때 어떤 비밀문서나 미간행 편지, 회고록은 소통하기 어려운 몇몇 인물들에 새로운 빛을 비춰줄지 모른다. 자기 내면에서 진리를 찾느라 지친 정신에게는 진리가 자기 외부에, 네덜란드의 수도원에 고이고이 보존된 2절판 지면에 담겨 있다고 생각하는 것, 그 진리에 도달하려면 노고를 쏟아야 하는데 그 노고가 온전히 물리적인 것이어서 생각에는 매혹적인 휴식 시간이 되리라고 믿는 건 얼마나 큰 행복이고 위안이겠는가. 진리에 이르려면 아마도 긴 여행을 해야 할 텐데, 거룻배를 타고 물을 건너고, 강가 갈대들이 끝없이 물결치며 드러눕고 일어서길 거듭하는 동안 바람이 구슬프게 울어대는 들판을 지나야 할 것이다. 뒤얽혀 잠자는 운하들, 배들이 미끄러지며 붉은 지붕과 파란 하늘의 그림자들을 흐트러뜨리는 황금빛 뫼즈 강물 위로 담쟁이 덮인 교회 그림자가 일렁이는 도르드레흐트에서 멈춰 서야 할 것이다. 그리고 마침내 여행 막바지에 이르러도 우리는 여전히 진리를 전수받으리라는 확신이 서지 않을 것이다. 그러자면 강력한 영향력들을 행사하게 해야 할 것이고, 옛 얀센주의자의 각지고 아름다운 얼굴을 한 존엄하신 위트레흐트 대주교와 아메르스포르트Amersfoort의 독실한 고문서 관리인과 친분을 맺어야 할 것이다. 이런 경우라면 진리의 정복은 여행의 어려움도 협상의 우연도 빠지지 않는 일종의 외교적 임무를 완수하는 것처럼 여겨진다. 그러나 아무러면 어떤가? 위트레흐트의 오래된 작은 성당의 그 모든 구성원들, 우리가 진리를 소유하게 될지 여부는 그들의 선한 의지에 달렸는데, 이 호감 가는 사람들의 17세기 얼굴들은 우리가 익

숙한 얼굴들과 다른 느낌을 준다. 그저 편지를 통해서라도 그들과 관계를 맺는 건 재미난 일일 것이다. 그들이 이따금 우리에게 존중을 담아 보낼 증언은 우리 눈에도 우리의 가치를 세워줄 것이기에 우리는 그들의 편지를 증명서처럼, 진기한 물건처럼 간직할 것이다. 언젠가는 잊지 않고 우리가 쓴 책 중 하나를 그들에게 헌정하게 될 것이다. 그것은 우리가 진리를 선물한 사람에게 할 수 있는 최소한의 일이다. 몇몇 연구들, 우리가 수도원의 도서관에서 할 수밖에 없을 간단한 작업들은 진리—행여 우리 손에서 달아날 위험이 없도록 조금 더 신중을 기해 우리가 기록해둘 진리—를 소유하기에 앞서 반드시 거쳐야 할 준비 과정이 될 것이다. 우리는 그 작업이 우리에게 안겨줄지도 모를 괴로움에 대해서는 불평할 자격이 없을 것이다. 오래된 수도원의 정적과 서늘한 냉기는 참으로 그윽하고, 그곳 수녀들은 면회실에 걸린 로히어르 판 데르 베이던Rogier van der Weyden의 그림 속에 그려진 하얀 날개 달린 원뿔형 모자를 여전히 쓰고 있다. 우리가 일하는 동안 17세기의 종소리가 운하의 천진한

로히어르 판 데르 베이던, 〈십자가형 세폭화The Crucifixion Triptych〉, 1443-1445.

물을 참으로 부드럽게 일렁이게 해서, 여름이 끝나기 무섭게 잎을 떨군 나무들이 강변에 두 줄로 늘어서서 박공지붕을 인 집들에 내걸린 거울들을 가볍게 스칠 때 그 나무들 사이로 창백한 햇살만 비쳐도 물은 눈부시게 반짝였다.*

---

* 위트레흐트 인근의 이 수도원을 찾는 건 무의미한 일이며, 이 단장이 순전히 상상에서 나온 것이라는 말을 구태여 할 필요는 없을 것 같다. 그렇지만 이 대목은 레옹 세셰Léon Séché가 생트뵈브에 관한 책에서 쓴 다음의 글귀가 내게 연상시킨 것이다. "그(생트뵈브)는 언젠가 리에주에 있는 동안 위트레흐트의 작은 성당과 접촉해보려고 마음먹었다. 조금 늦은 시간이었지만 위트레흐트가 파리에서 아주 멀기도 했고, 잘 모르겠지만 그의 책 『관능Volupté』이 아메르스포르트의 고문서 보관실의 문을 그에게 열어주었을 것이다. 그렇지 않았을지도 모른다고 조금은 의심이 드는데, 왜냐하면 『포르루아얄Port-Royal』의 첫 두 권을 낸 이후에도 생트뵈브는 당시 고문서를 관리하던 경건한 학자 카르스텐 씨로부터 몇몇 문서 상자를 살짝 열어보는 허락을 어렵사리 얻어냈기 때문이다……『포르루아얄』의 2쇄본을 펼쳐보면 생트뵈브가 카르스텐 씨에게 표하는 감사의 말을 볼 수 있다.(레옹 세셰, 『생트뵈브』 1권, 229쪽 이하.) 여행의 세세한 사실은 모두 실제 받은 인상을 근거로 삼고 있다. 위트레흐트로 가려면 도르드레흐트를 지나는지는 모르겠지만, 내가

본 도르드레흐트를 그대로 묘사했다. 내가 갈대 사이로 거룻배를 타고 여행한 건 위트레흐트로 갈 때가 아니라 볼렌담으로 갈 때다. 내가 위트레흐트에 있는 것처럼 묘사한 운하는 사실 델프트에 있다. 그리고 판 데르 베이던의 그림을 본 것은 본의 병원에서였고, 원뿔 모자를 아직도 쓴 플랑드르 수녀원 소속 수녀들은 판 데르 베이던의 그림이 아니라 네덜란드에서 본 다른 그림 속에 있었다.(원주)

성찰의 부름을 듣지 못하고 영향력의 작용에 좌지우지되는 진리, 진리를 알지 못한 채 물질적으로 보유한 사람이 당신에게 직접 건네는 추천서를 통해 얻어지는 진리, 수첩에 적을 수 있는 진리, 이러한 진리 개념은 결코 가장 위험한 개념이 아니다. 왜냐하면 대개 역사가에게도 그렇고 심지어 석학에게도, 그들이 멀리 책 속으로 찾아나서는 이 진리는 엄밀히 말해 진리 자체가 아니라 진리의 단서 혹은 증거여서 그것이 예고하거나 검증하는 다른 진리에 자리를 내주는데, 적어도 이 다른 진리는 그들 정신의 개인적 창작물이다. 문학적 교양인의 경우는 다르다. 그는 읽기 위해 읽고, 읽은 것을 기억해두기 위해 읽는다. 그에게 책은 천상의 정원의 문을 열자마자 이내 날아가 버리는 천사가 아니라, 그가 그 자체로 숭배하는 부동의 우상이다. 사유를 일깨워 진짜 존경을 받는 것이 아니라 자기 주변의 모든 것에 가짜 존경을 퍼뜨리는 우상이다. 문학적 교양인은 어떤 이름을 내세우며 자신이 빌라르두앵이나 보카치오의 글 속에 들어 있다고*, 자신이 어떤 용도로 베르길리우스의 글 속에 묘사되어 있다고 웃으며 인용한다. 독창적인 활

---

* 순수한 속물근성은 훨씬 더 천진하다. 어떤 이가 십자군 원정에 가담한 조상을 두었다는 이유로 그와의 교제를 즐거워하는 것은 허영심이지 지성과는 무관하다. 그러나 할아버지의 이름이 알프레드 드 비니나 샤토브리앙의 작품에 등장한다는 이유로, 혹은 아미앵 대성당의 거대한 장미 스테인드글라스에(고백하건대 내게는 정말이지 저항할 수 없는 유혹이다) 가문의 문장이 장식되어 있다는 이유로(이런 것 없이도 존중받을 자격이 충분한 여자의 이야기다) 누군가와의 교제를 즐거워한다면 지적 죄악이 시작되는 것이다. 이에 대해 아직 할 말이 많지만 다른 지면에서 이 문제를 아주 길게 분석한 바 있으니 여기서는 더 물고 늘어지지 않겠다.(원주)

동 없는 그의 정신은 그를 보다 강하게 만들어줄 실체를 책에서 끌어낼 줄 모른다. 책의 전체 형태가 그

의 정신을 빽빽이 채우고 있어서 책은 그가 제 것으로 동화할 요소나 삶의 원리가 아니라, 이질적인 물체요 죽음의 원리다. 내가 이런 취향을, 책에 대한 이런 종류의 물신숭배를 병적이라고 규정하는 건, 세상에 존재하지 않는 흠결 없는 정신이 가졌을 법한 이상적인 습관과 비교해볼 때 그렇다는 것이다. 생명체에서는 거의 만나기 어려운 정상적인 신체 기관의 작동을 묘사하는 생리학자들이 하듯이 말이다. 오히려 현실에는 완벽하게 건강한 신체가 없는 만큼 완벽한 정신도 없다. 우리가 위대한 정신이라고 부르는 사람들은 다른 사람들과 마찬가지로 이 '문학병'에 걸렸다. 다른 사람들보다 더 심하다고 말할 수도 있을 것이다. 책에 대한 기호는 지성보다 조금 아래에서, 그러나 같은 줄기에서 지성과 함께 자라는 것 같고, 모든 열정이 그 대상을 둘러싸는 일에 대한 편애를 동반하듯이 책과 관계를 맺고 책이 없어도 여전히 책에 말을 건다. 따라서 가장 위대한 작가들은 생각과 직접 소통하지 않는 시간에도 책과의 교류를 즐긴다. 게다가 책들이 쓰인 건 무엇보다 그들 자신을 위해서가 아닌가? 책은 보통 사람들에게는 감춰진 수천 가지 아름다움을 그들에게 드러내지 않는가? 사실 우리가 우월한 정신들을 교과서적이라고 부른다고 해서 결코 그것이 존재의 결점을 의미하는 건 아니다. 평범한 사람들은 대개 노동자이고 지성인은 대개 게으른 자들이라고 해서 노동을 게으름보다 정신에 나은 수행이 아니라고 결론 내릴 수는 없다. 그럼에도 우리는 위대한 사람에게서 우리가 가진 결점 중 하나를 보면 그것이 실은 장점인데 잘못 알려진 것이 아닐까 생각하게 되고, 위고가 퀸투스 쿠르티우스, 타키투스, 유스티누스를 달달 외울 정도로 알았으며 누가 그 앞에서 어떤 단어의 적법성을 문제 삼으면* 박식함을 제대로 입증할 인용문들을 내세워 그 단어의 파생 관계와 어원까지 밝힐 수 있었다는 사실을 알고서 즐거워한다.(나는 다른 지면에서 그의 경우 이 박식

---

* 폴 스타페르Paul Stapfer, 「빅토르 위고를 추억하며」, 〈르뷔드 파리Revue de Paris〉에 게재.(원주)

함이 마치 작은 불은 끄고 큰불은 키우는 나뭇단처럼 재

능을 질식시킨 게 아니라 어떻게 재능에 자양분이 되었는지 제시해 보였다.) 우리가 보기에 문학적 교양인과는 정반대되는 인물인 마테를링크는 벌집, 화단, 목초가 전하는 온갖 이름 모를 감정들에 언제나 정신을 열어 두는데, 그는 야코프 카츠Jacob Cats나 샌더루스 신부의 오래된 책을 장식한 판화들을 애호가로서 묘사하면서 박식의 위험에 대해, 진본 책을 수집하는 취미의 위험에 대해 충분히 일러준다. 더구나 이런 위험이 존재한다면 지성보다는 감성을 더 위협하기에, 유익한 독서를 할 능력은 상상력으로 작업하는 작가보다는 사상가가 훨씬 더 크다. 이를테면 쇼펜하우어는 엄청난 독서를 가볍게 받아들이는 활력 넘치는 정신의 소유자라는 이미지를 보여주는데, 새로운 지식을 즉각 현실의 일부로, 현실 속에 살아 숨 쉬는 몫으로 환원하는 것이다.

쇼펜하우어는 여러 인용문으로 뒷받침하지 않고는 어떤 의견을 펼치는 법이 없지만, 인용된 글이 그에게는 그저 예시라는 걸, 자기 생각의 몇몇 특징을 찾아내고 좋아서 쓰는 무의식적인 혹은 반격에 미리 대비한 암시일 뿐 그의 생각에 영감을 준 글귀가 아니라는 걸 느낄 수 있다. 『의지와 표상으로서의 세계』에서 스무 개의 인용문이 연어어 이어지던 페이지가 생각난다. 염세주의에 관한 글이다.(물론 인용문들은 요약해서 옮긴다.) "볼테르는 『캉디드』에서 유쾌한 방식으로 낙관주의에 맞선다. 바이런은 『카인Cain』에서 자신만의 비극적인 방식으로 맞섰다. 헤로도토스는 트라키아인들이 아이가 태어나면 한탄하며 맞이하고 누군가 죽을 때마다 기뻐했다고 전한다. 플루타르코스가 전하는 아름다운 시구에도 이렇게 표현되어 있다. 'Lugere genitum, tanta qui intravit mala.(태어날 아이를 불쌍히 여겨라. 온갖 비참에 직면할 것이니.)' 멕시코인들의 인사 관습도 이것과 연결 지어야 한다. 그리고 스위프트도 같은 감정으로 젊은 시절부터 (월터 스콧이 쓴 그의 전기를 믿자면) 자기 생일을 불행의 날처럼 기념하는 습관을 가졌다고 한다. 플라톤이 『소크라테스의 변명』에서 죽음을 존중할 만한 선善이라고 말하는 구절은 누구나 안다. 헤라클레이토스의 격언 또한 같은 생각을 담고 있다. 'Vitae nomen quidem est vita, opus autem mors.(삶은 생명이라는 이름을 가졌지만 실상은 죽음이다.)' 테오그니스의 아름다운 시구도 유명하다. 'Optima sors homini natum non esse(결코 태어나지 않는 것이 사람에게는 가장 좋은 것이다)' 등등. 소포클레스는 『콜로노스의 오이디푸스』(1224행)에서 다음과 같이 요약해서 말한다. 'Natum non esse sortes vincit alias omnes.(태어나지 않는 것이 가장 좋은 것이다.)' 에우리피데스는 말한다. 'Omnis hominum vita est plena dolore.(인간의 삶은 온통 고통으로 가득하다.)'(『히폴리토스』 189행.) 그리고 호메로스도 이미 이렇게 말했다. 'Non enim quidquam alicubi est calamitosius homine omnium, quotquot super terram spirant.(인간의 삶이란 비참으로 가득 차 있다. 고통에는 끝이 없다.)' 게다가 플리니우스도 말했다. 'Nullum melius esse tempestiva morte.(때맞은 죽음보다 더 좋은 것은 없다.)' 셰익스피어는 늙은 왕 헨리 4세의 입을 빌려 이런 말을 한다. '이걸 보았다면―가장 행복한 젊은이는―책을 덮고 앉아서 죽을 텐데.' 마지막으로 바이런은 말한다. '존재하지 않는 편이 낫다.' 발타사르 그라시안은 『엘 크리티시온El Criticion』에서 실존을 더없이 어두운 색채로 그린다."* 쇼펜하우어에게 이끌려 이미 너무 멀리까지

*   쇼펜하우어, 『의지와 표상으로서의 세계』, '삶의 고통과 허영'을 다룬 장.(원주)

오지만 않았더라면 나는 『삶의 지혜에 관한 격언』의 도움을 받아 이 논증을 보완하는 데서 큰 즐거움을 느꼈을 것이다. 내가 알고 있는 모든 저작들 가운데 아마 작가에게 가장 많은 독서와 큰 독창성이 요구되었을 이 책, 각 페이지마다 여러 인용문이 내포된 이 책의 첫머리에서 쇼펜하우어는 세상에서 가장 진지하게 이렇게 쓸 수 있었다. "편집은 내 특기가 아니다."

아마도 우정은, 개인을 상대로 한 우정은 변덕스러운 무엇인데, 독서는 하나의 우정이다. 그러나 적어도 진지한 우정이다. 독서가 죽은 이를, 부재한 이를 상대한다는 사실이 독서에 사심 없는 무언가를, 거의 감동적인 무언가를 부여한다. 게다가 독서는 다른 우정들을 추하게 만드는 모든 것을 벗어버린 우정이다.

우리 산 자들은 모두 그저 아직 작동을 시작하지 않은 죽은 자들인데, 우리가 공손이며 감사, 헌신이라고 부르는, 그리고 숱한 거짓말을 뒤섞어 문간에서 나누는 그 모든 예절, 그 모든 인사는 무익하고 피곤한 것이다. 더구나—호감과 존경, 감사의 감정이 싹트는 첫 관계에서부터—우리가 내뱉는 첫 말들, 우리가 쓰는 첫 편지들이 우리 주위로 습관과 예의범절로 이루어진 첫 거미줄을 짜기에, 이후의 우정에서도 우리는 그것을 떨쳐버릴 수가 없다. 이 시간 동안 우리가 내뱉는 과장된 말들은 앞으로 지불해야 할 어음이나 부도수표로 남아 그걸 남발한 걸 우리는 평생 후회하며 값비싼 대가를 치러야 할 것이다. 독서 속에서 우정은 돌연 본래의 순수성을 되찾는다. 책과 나누는 우정에는 상냥한 말이 필요 없다. 이 친구들과 우리가 저녁 시간을 같이 보내는 건 정말 그러고 싶기 때문이다. 적어도 우리는 그들과 헤어지는 걸 대개 아쉬워한다. 우리가 그들 곁을 떠나고 나서도 우정을 망가뜨릴 이런 생각들은 전혀 들지 않는다. 그들이 나를 어떻게 생각했을까? 내가 요령이 부족했던 건 아닐까? 내가 마음에 들었을까? 다른 사람을 만나느라 나를 잊으면 어떡하지? 우정의 이 모든 흔들림은 독서라는 순수하고 고요한 우정의 문턱에서 소멸된다. 공손함도 필요 없다. 우리는 몰리에르가 한 말에서 정확히 웃기다고 생각될 때만 웃는다. 그가 지루하면 지루한 표정이 드러날까 걱정하지 않고, 그와 함께 있는 것이 정말 지겨워지면 그의 재능도 명성도 괘념치 않고 불쑥 책장 제자리에 도로 가져다놓는다. 이 순수한 우정의 대기大氣는 말보다 훨씬 순수한 침묵이다. 우리는 타인들을 위해서 말을 하고, 우리 자신을 위해서는 침묵하기 때문이다. 따라서 침묵은 말과 달리 우리의 결점과 찡그린 인상의 흔적을 담고 있지 않다. 침묵은 순수하며 정말로 일종의 대기다. 그것은 저자의 생각과 우리의 생각 사이에 우리의 서로 다른 이기심의 축소 불가능한 요소들, 생각에 복종하지 않는 요소들을 끌어들이지 않는다. 책의 언어 자체가(책이라는 이름에 걸맞은 책이라면) 저자의 생각에 의해 투명해진 순수한 언어다. 저자는 생각 자체가 아닌 모든 것을 벗겨내어 언어를 생각의 충실한 이미지가 되게 만들기에 모든 문장은 사실 다른 문장과 닮았다. 문장들은 모두 한 인물의 유일무이한 억양으로 말해지기 때문이다. 일종의 연속성이 거기서 나온다. 이 연속성은 삶의 관계들과 그 관계들이 생각에 뒤섞는 낯선 요소들이 배제하는 것인데, 이 연속성이 저자 생각의 윤곽 자체를, 거울 같은 고요 속에 비치는 저자 용모의 특징들을 따라가게 해준다. 우리는 각 작가의 특징들을 차례차례 좋아하게 되는데, 그 특징들이 존경할 만한 것일 필요는 없다. 그 심오한 그림들을 식별하고, 자기 자신을 대하듯 이기심 없고 미사여구 없는 우정을 사랑하는 건 정신이 누리는 커다란 즐거움이기 때문이다. 고티에처럼 순박하고 선량하고 심미안을 갖춘 사람은(사람들이 그를 예술에서 완벽성의 전형처럼 간주할 수 있었다는 걸 생각하면 재미있다) 그 자체로 우리 마음에 든다. 그의 정신적 힘을 과장하지는 않겠으나, 그의 『에스파냐 여행Voyage en Espagne』에서 모든 문장은 그가 의식하지 못하는 가운데 그라는 인물의 유쾌하고 매력 넘치는 특징을 부각하며 이어지는데(단어들이 스스로 그라는 인물을 그리기 위해 줄지어 선다. 그 인물이 그 단어들을 선택해서 배치했기 때문이다), 우리는 하나하나 비교를 곁들여 완전하게 묘사하지 않고 지나가서는 안 된다고 여기는 그의 태도를 진정한 예술과 아주 거리가 먼 것이라고 생각하지 않을 수 없다. 의무 같은 그런 태도는 유쾌하고 강렬한 인상에서 태어난 것이 아니어서 우리를 전혀 매료하지 못한다. 그가 다양한 경작지가 펼쳐진 들판을 "바지와 조끼 직물 견본이 붙어 있는 재단사의 옷본"에 비교할 때, 파리와 앙굴렘 사이에는 볼만한 게 아무것도 없다고 말할 때 우리는 딱할 정도로 메마른 그의 상상력을 비난하지 않을 수 없다. 이 열렬한 고딕 애호가가 샤르트르 대성당을 방문할 수고조차 하지 않았다는 데 그저 웃지 않을 수 없다.[*]

---

[*] "샤르트르에 들르고도 대성당을 보지 못해 아쉽다." 『에스파냐 여행』, 2쪽.(원주)

그러나 얼마나 유쾌한 기분이며, 얼마나 멋진 취향인가! 우리는 이 활력 넘치는 친구의 모험을 기꺼이

따른다. 그는 참으로 호감 가는 인물이라 그 주변의
모든 것들마저 그렇게 느껴진다. 그가 폭풍우 때문에
"황금처럼 번쩍이는" 멋진 배에 발이 묶여 르바르드
에 드 티낭 선장 곁에서 며칠을 보내고 나서는 그 사
랑스러운 뱃사람에 관해 한마디 말도 하지 않고 뱃사
람이 어떻게 되었는지 우리에게 알려주지도 않은 채
영원히 그 곁을 떠날 때 우리는 슬퍼진다.** 그의 히풍

**   그는 그 유명한 티낭 제독이 되었다고 한다. 예술가들에게
      소중한 이름으로 남아 있는 포세 드 티낭 부인의 아버지이
      고, 우수한 기병대 장교의 할아버지. 내 생각에는 가에타
      앞에서 한동안 프랑수아 2세와 나폴리 여왕의 물자 보급
      과 연락을 맡았던 사람이 그였던 것 같다. 피에르 드 라 고
      르스의 『제2제국의 역사』를 참조할 것.(원주)

섞인 유쾌함과 우울 또한 저널리스트의 점잖지 못한
습관이라는 것도 느껴진다. 그러나 우리는 이 모든 것
을 묵인하고, 그가 원하는 대로 하고, 그가 죽도록 허
기지고 졸린 상태로 뼛속까지 비에 젖어 돌아오면 재
미있어 하고, 연재물 작가의 서글픔을 느끼며 일찍
죽은 그의 세대 사람들의 이름을 회고할 때는 슬퍼한

다. 우리는 그의 문장들이 그의 모습을 그린다고 말
했지만 정작 그 자신은 그걸 알지 못한다. 왜냐하면
단어들은 선택되었지만 본질의 유사성에 따라 우리
의 생각이 선택한 것이 아니라 우리를 그리려는 욕망
이 선택한 것이고, 그는 이 욕망을 표현하지 우리를
표현하는 것이 아니기 때문이다. 프로망탱, 뮈세는 뛰
어난 재능을 가졌으나 자기 초상을 후대에 남기길 바
랐기 때문에 아주 시시한 초상만 남겼다. 바로 그래
서 더 무한히 흥미롭다. 그들의 실패가 교훈적이기 때
문이다. 그러니까 책은 강력한 개인성을 비추는 거울
이 아니라 정신의 기이한 결점들을 비추는 거울이다.
프로망탱의 책이나 뮈세의 책을 들여다보면서 우리
는 전자의 책에서는 어떤 '기품' 속에서 어딘지 부족
하고 아둔한 점을 볼 수 있고, 후자의 책에서는 유창
한 능변 속에서 공허함을 볼 수 있다.

책에 대한 기호가 지성과 함께 커진다면, 우리가
보았듯이 그 위험은 지성과 함께 감소한다. 독창적인
정신은 독서를 자신의 개인적 활동에 종속시킬 줄
안다. 그에게 독서는 그저 가장 고결한, 무엇보다 가

장 고상한 소일거리일 뿐이다. 독서와 지식이 정신의 '우아한 예절'을 제공하기 때문이다. 우리의 감성과 지성의 힘을 우리는 우리 자신 안에서만, 우리의 정신적 삶의 깊이에서만 기를 수 있다. 그러나 정신의 '태도' 교육이 이루어지는 건 다른 정신들과의 접촉 안에서, 다시 말해 독서 속에서다. 그럼에도 불구하고 문학적 교양인들은 지성을 갖춘 고견한 귀족으로 남고, 어떤 책이나 문학의 어떤 특성을 모른다는 건 심지어 천재적인 사람에게조차 여전히 지적 평민의 징표로 남을 것이다. 구별 짓기와 귀족 신분은 생각의 영역에서도 일종의 프리메이슨 관습과 전통의 유산 속에 남아 있다.*

* 게다가 진짜 구별 짓기는 동일한 관습을 아는 구별되는 사람들만 상대하는 척하고 '설명'하지 않는다. 아나톨 프랑스의 책은 온갖 박식한 지식을 암시하고 보통 사람이 알아차리지 못하는 암시들을 끝없이 함축하고 있어서 다른 아름다움들과 별도로 그의 책에 비교할 데 없이 고귀한 신분을 안긴다.(원주)

책을 좋아하고 즐기는 취향과 오락 속에서 위대한

작가들의 기호는 옛 작가들의 책으로 쏠린다. 동시대 인들에게 가장 '낭만주의자'로 보였던 작가들조차 거의 고전만 읽었다. 빅토르 위고가 대화에서 자기 독서에 대해 말할 때 가장 자주 등장하는 건 몰리에르, 호라티우스, 오비디우스, 레냐르의 이름이다. 작가들 가운데 가장 덜 교과서적인 알퐁스 도데는 대단히 현대적이고 활기 넘치는 작품을 보면 모든 고전 유산을 거부하는 듯해 보이지만 끊임없이 파스칼, 몽테뉴, 디드로, 타키투스를 읽고 인용하고 해설했다.* 아

---

* 아마도 그래서 위대한 작가가 비평을 할 때는 대개 고전 작품들을 많이 다루고 현대 작품들은 거의 다루지 않는 것 같다. 이를테면 생트뵈브의 『월요일』과 아나톨 프랑스의 『문학 인생La vie littéraire』이 그렇다. 그러나 아나톨 프랑스는 그의 동시대 작가들을 경이롭게 평가하는 반면 생트뵈브는 자기 시대의 모든 위대한 작가들의 진가를 알아보지 못했다. 그가 개인적인 미움 때문에 판단력이 흐려졌다는 건 반박할 수 없는 사실이다. 그는 소설가로서 스탕달을 믿기 힘들 만큼 깎아내린 뒤 보상이라도 하려는 듯이, 우호적으로 할 말이 달리 아무것도 없는 것처럼 인간으로서 그의 겸손과 섬세한 태도를 칭찬한다! 생트뵈브가 자기 시대에 대해 보인 이 같은 무분별한 태도는 그가 주장하는 통찰력이나 예지력과는 묘하게 대조를 이룬다. 그는 『샤토브리앙과 그

의 문학 유파』에서 이렇게 말한다. "모두가 라신과 보쉬에에 관해서는 할 말이 많다……. 그러나 판단의 명민함, 비평의 명석함은 무엇보다 많은 사람이 아직 시도하지 않은 새로운 글로 입증된다. 첫눈에 판단하고 꿰뚫어 보고 앞서가는 것, 이것이 비평가의 재능이다. 이 재능을 가진 사람은 참으로 적다."(원주)

주 부분적인 이 해석을 통해 고전주의자와 낭만주의자 사이의 오래된 구분을 어쩌면 갱신하면서 대중(물론 지적인 대중을 말한다)은 낭만주의자인 반면 거장(낭만주의자라고 얘기되는 거장들, 낭만주의자 대중이 좋아하는 거장들까지)들은 고전주의자라고까지 말할 수 있을 것이다.(이는 모든 예술에 확장해볼 수 있을 고찰이다. 대중은 뱅상 댕디의 음악을 들으러 가고, 뱅상 댕디는 몽시니의 음악을 다시 읽는다.** 대중은 뷔야르와 모리스

** 그런데 역으로, 고전주의자들은 '낭만주의자들'보다 나은 해설자들을 알지 못한다. 사실 낭만주의자들만이 고전주의 작품들을 읽을 줄 안다. 왜냐하면 그들은 그 작품들이 쓰인 대로 낭만적으로 읽기 때문이고, 시인이나 산문작가를 잘 읽기 위해서는 석학이 아니라 시인이거나 산문작가여야 하기 때문이다. 이는 가장 덜 '낭만적'인 작품들에 대해서는 사실이다. 부알로의 아름다운 시구를 우리에게 알

려준 것은 수사학 교수들이 아니라 빅토르 위고다. "그의
아름다움으로 더럽혀진 네 개의 손수건 속 / 장미와 백합
을 세탁소로 보내라." 아나톨 프랑스는 이렇게 쓴다. "탄생
하는 그의 작품들 속 무지와 오류 / 백작부인의 옷을 걸
친 후작의 객설." 〈라틴 르네상스〉의 최신 호(1905년 5월
15일)는 내가 이 교정지를 수정하는 순간에 새로운 예를
통해 이 고찰을 미술에 확대해볼 수 있게 해준다. 이 잡지
는 로댕(모클레르의 기사)이 그리스 조각에 대한 진정한
해설자라는 걸 보여준다.(원주)

드니의 전시회에 가고, 이 두 화가는 루브르로 간다.) 이는
아마도 독창적인 예술가와 작가 들이, 대중의 접근과
갈망을 불러일으키는 동시대의 생각을 어떤 면에서
는 거의 자신의 일부로 체화해서, 다른 생각이 그들
을 더 즐겁게 해주기 때문이다. 다른 생각을 읽고 거
기에 동화되려면 더 많은 노력이 요구되지만, 그건 더
많은 즐거움을 주기도 한다. 책을 읽을 때 우리는 언
제나 자기 자신에서 조금 벗어나 여행하기를 좋아하
지 않나.

   그러나 마지막으로, 고대 작품들을 좋아하는 대작
가들의 기호*를 설명해줄 다른 이유가 있는데, 나는
이 이유를 선호한다. 고전 작품들은 현대 작품들과

*   작가들은 대개 이 기호를 우연이라고 믿는다. 그들은 가장
     아름다운 책들이 우연히 옛날 작가들에 의해 쓰였다고 가
     정한다. 어쩌면 그럴지도 모른다. 왜냐하면 우리가 읽는 옛
     날 책들은 현대에 비해 참으로 방대한 과거 전체에서 선택
     되었기 때문이다. 그러나 우발적인 이유는 이렇게 보편적인
     정신의 태도를 설명하기에 충분치 않다.(원주)

마찬가지로, 작품을 창조한 정신이 그 작품에 담아
낸 아름다움만 우리를 위해 품고 있는 것이 아니다.
그 작품들은 훨씬 더 감동적인 다른 아름다움도 받
아들이는데, 그것들의 재료며 그것들이 쓰인 언어가
삶의 거울과 같다는 사실에서 오는 아름다움이다.
15세기에 지어진 병원, 우물, 빨래터, 나무 장식을 댄
채색 골조의 궁륭, 높은 합각머리 지붕, 그 지붕에 뚫
린 천창, 천창을 왕관처럼 두른, 망치질로 두드려 만
든 가벼운 납 이삭 장식을 그대로 간직한(한 시대가
사라지면서 잊고 간 것 같은 이 모든 것, 이 모든 것은 오
직 그 시대만의 것이었는데, 뒤를 이은 어떤 시대도 이런
것들의 탄생을 보지 못했기 때문이다) 본Beaune 같은 도
시를 거닐면서 느끼는 작은 행복, 우리는 라신의 비
극이나 생시몽의 책 한가운데를 배회하면서도 이 같

은 행복을 느낀다. 이 작가들의 책이 사라진 언어의 모든 아름다운 형태를 간직하고, 더 이상 존재하지 않는 관습이나 느끼는 방법들에 대한 기억을, 현재의 그 무엇과도 닮지 않은 과거의 흔적들을, 시간이 훑고 지나면서 색채를 더욱 아름답게 만든 과거의 완강한 흔적들을 간직하고 있기 때문이다.

라신의 비극, 생시몽의 회고록은 더 이상 만들어지지 않는 아름다운 것들을 닮았다. 위대한 예술가들이 이 작품들을 조각하면서 사용한 언어, 자유를 발휘해 부드러움을 빛나게 만들고 본래적 힘을 부각한 이 언어에 우리는 옛날 인부들이 사용했지만 오늘날엔 쓰이지 않는 어떤 대리석을 볼 때처럼 감동하게 된다. 아마도 이런 오래된 건축물의 돌, 오늘날 생소해진 이 돌은 조각가가 그 돌에서 끌어내고 드러내어 조화로이 어울리게 만든 온갖 색깔을 입고서 우리를 위해 보존되었을 것이다. 우리가 라신의 시구에서 만나고 싶어 하는 것은 17세기 프랑스의 생생한 구문—지금은 사라진 관습과 생각의 표현법을 간직한—이다. 친근한 표현부터 독특한 표현까지, 그리고

대담한 시도까지 그 언어 표현법에서 우리를 감동시
키는 것은 참으로 거침없고 섬세한 작가의 가위질을
거쳐 알몸을 드러내고 존중받고 아름답게 다듬어진
그 구문 형태들 자체다.* 거기서 우리는 가장 감미롭

* 이를테면 『앙드로마크Andromaque』의 이 시구 "왜 그를 살
해하지? 그가 뭘 했기에? 무슨 명목으로? / 누가 네게 그런
말을 했지?"에서 발견하게 되는 매력은 구문의 관례적 관계
가 의두적으로 무너진 데시 나온다. "무슨 명목으로?"는 바
로 앞선 질문인 "그가 뭘 했기에?"와 관계된 것이 아니라 "왜
그를 살해하지?"와 관계된 것이다. 그리고 "누가 네게 그런
말을 했지?"도 "살해"와 관계된 것이다.(『앙드로마크』의 다
른 시구 "나리, 그가 나를 멸시한다고 누가 나리께 말하던가
요?"를 떠올리며 "누가 네게 그런 말을 했지?"가 '누가 네게
그를 살해하라고 말했지?'를 의미한다고 가정할 수 있다.)
표현의 지그재그(본문에서 말한 깨진 선의 반복)가 의미를
조금도 모호하게 만들지 않는데, 운율의 정확성보다는 대사
의 명료성을 더 걱정하는 어느 대여배우가 아예 이렇게 바
꿔 말하는 걸 들은 적이 있다. "왜 그를 살해하지? 무슨 명
목으로? 그가 뭘 했기에?" 라신의 가장 유명한 시구도 사실
그렇다. 온화한 두 강변을 잇는 과감한 다리처럼 던져지는
언어의 친숙하고 대담한 시도로 매혹한다. "나는 절개 없는
당신을 사랑했어요. 내가 어찌 절개를 지킨답니까." 이 표현
들의 아름다운 만남은 얼마나 큰 즐거움을 주는가. 두 문장
의 거의 공통된 단순성은 만테냐 작품 속 몇몇 얼굴들에서

볼 수 있는, 참으로 아름다운 색채의 감미로운 충만감을 의미에 부여한다. "미친 사랑에 올라탄 나의 젊음…… / 조율할 수 없었던 세 마음을 모읍시다." 이런 이유에서 고전 작가들은 일부만 발췌해서 읽고 말 것이 아니라 작품 전체를 읽는 것이 좋다. 작가들의 유명한 페이지들은 종종 그들 언어의 내밀한 구조가 일부의 거의 보편적인 아름다움에 감춰져 있는 글이다. 나는 글루크 음악의 독특한 정수가 서창부의 어떤 숭고한 곡조나 어떤 리듬에서 그대로 드러난다고 생각하지 않는다. 서창부에서 화음이 천진한 무게와 기품이 실린 의도적이지 않은 음정으로 떨어질 때마다 마치 음악이 숨을 고르는 것처럼 들리는데, 이때 화음은 그의 천재성의 목소리 그 자체처럼 여겨진다. 베네치아 산마르코 성당의 사진을 본 사람이 둥근 지붕을 인 그 성당에 대해 좀 안다고 생각할 수야 있겠지만(이 기념물의 외관만 두고 하는 말이다), 웃는 듯한 그 원주들을 만질 수 있을 정도로 가까이 다가가야만, 가까이서만 알아볼 수 있는 기둥머리 속에서 나뭇잎들을 휘감고 있거나 새들을 품고 있는 묘한 힘을 보아야만, 현장에서 그 나지막한 기념물에 대한 인상을 느껴보아야만, 꽃 핀 기둥과 축제 장식, '전시회장' 같은 모습을 마주하고 보아야만 어떤 사진도 담아내지 못하는, 의미심장하지만 부수적인 그 특징들 속에서 그 성당의 복합적인 진짜 개성이 폭발하듯 표출되고 있다는 걸 느낄 수 있다.(원주)

고 다정한 부분에 거친 데생이 빠른 선처럼 지나가거나 깨진 아름다운 선으로 거꾸로 되돌아가는 걸 본다. 우리가 고스란히 보존된 옛 도시를 방문하듯이 라신의 작품 속에서 방문하려는 건 과거의 삶에서 그대로 가져온 흘러간 형태들이다. 우리는 그 앞에서 건축의 사라진 형태들 앞에서 느끼는 것과 똑같은 감동을 느낀다. 이제는 과거가 우리에게 남겨준 멋진 희귀 표본들 속에서만 감탄할 수 있는 형태들 말이 다. 도시의 오래된 성곽, 탑과 망루, 성당의 세례당처 럼. 수도원 근처나 에트르의 납골당 아래, 햇살과 나 비와 꽃에 취해 죽음의 샘과 죽은 자들의 초롱을 잊 고 있는 작은 묘지처럼.

더구나 우리가 보기에 문장들만이 옛 영혼의 형태 를 그리는 것은 아니다. 문장들—애초에 낭송되는 형태로 존재했던 아주 오래된 책들을 생각하고 하는 말이다—사이에, 문장들을 가르는 행간 속에 아무도 건드린 적 없는 지하 분묘처럼 수백 년 된 침묵이 오 늘날까지 틈을 메우며 자리하고 있다. 나는 누가복 음서에 침묵이 흩뿌려진 성가 형태로 된 구절 앞에 서 문장을 끊는 쌍점을 만날 때마다* 성서의 더 오래 된 시편이 떠오르는 다음 구절을 노래하기 위해 큰

소리로 읽던 독서를 막 중단한 충직한 신도의 침묵을 들었다. 이 침묵도 문장의 휴식을 채웠다. 휴식은

* "그러자 마리아는 말했다. '내 영혼이 주를 찬양하고, 내 마음은 나의 구주 하느님 안에서 기뻐합니다⋯⋯.' 아기 아버지 사가랴는 성령의 감동을 받아 이렇게 예언했다. '이스라엘의 주 하느님을 찬양하라. 그가 오셔서 백성을 죄에서 건져주셨으니⋯⋯.' 그가 아기를 품에 안고 하느님을 찬양했다. '주님, 이제는 이 종을 놓아주셔서 내가 평안히 떠날 수 있겠습니다⋯⋯.'"(원주)

문장을 에워싸기 위해 자신을 쪼개어 문장의 형태를 지켰다. 내가 책을 읽을 때 여러 차례 침묵은 열린 창문을 통해 들어온 미풍이 의회가 열리는 높은 홀에 퍼뜨린 장미 향기를 실어다주었고, 그 향기는 17세기 이후로 증발되지 않았다.

나는 『신곡』을 읽으며, 셰익스피어를 읽으며 내 앞에서 과거가 현재의 시간에 끼어드는 인상을 얼마나 자주 받았던가. 마치 베네치아의 산마르코 광장에서, 그리스식 기둥머리를 인 분홍빛이 감도는 두 개의 회색 화강암 원기둥 앞에서 느끼는 꿈 같은 인상이다.

기둥 하나는 마르코 성자를 상징하는 사자 기둥이고 다른 하나는 악어를 밟고 있는 테오도르 성자의 기둥인데, 바다를 건너 동양에서 온 이 아름다운 여자들은 그들 발아래에 와서 부서지는 바다를 바라보고, 정신이 다른 곳에 홀린 채 반짝이는 미소를 띠고 그 공공 광장에 서서 그들 나라의 언어가 아닌 언어로 주고받는 주변의 말들을 이해하지 못한 채 우리 한가운데서 그들의 12세기의 나날을 붙들어 우리의 오늘에 끼워 넣고 있다. 그렇다. 공공의 광장 한가운데, 오늘의 한가운데, 제국이 중단된 그 장소에 이미 오래전에 흘러가버린 12세기의 작은 일부가 두 개의 분홍빛 화강암의 가벼운 비상으로 우뚝 서 있다. 주변의 모든 것, 현재의 날들, 우리가 살고 있는 날들이 맴돌며 붕붕거리며 원주 주위로 달려든다. 그러나 거기서 모든 것이 갑자기 멈춰 서고, 격퇴당한 벌 떼처럼 달아난다. 고귀하고 섬세한 과거의 그 고립된 영지는 현재 속에 있지 않고 현재가 들어설 수 없는 다른 시간 속에 있기 때문이다. 넓은 기둥머리를 향해 솟은 분홍빛 원주 주위로 현재의 날들이 달려들며 붕

붕거린다. 그러나 그들 사이에 낀 원주들이 그것들을 멀리 물리치고, 가녀린 두께로 침범할 수 없는 과거의 자리를 지킨다. 사실은 수 세기 멀리 떨어져 있지만 일종의 환상이 겨우 몇 발짝 떨어진 것처럼 보게 하는 사물들의 조금은 비현실적인 색채를 띠고 현재 속에 친근하게 솟아오른 과거. 그것이 어쩌면 너무 직접적으로 고스란히 모습을 드러내며 말을 걸어와 우리의 정신은 땅에 묻혀버린 시간에서 살아 돌아온 사람을 보고 놀랄 때처럼 달뜬다. 그래도 과거는 우리 가운데, 스치고 만질 만큼 가까이서 햇살 아래 꼼짝 않고 서 있다.

1913년 출간된 『스완네 집 쪽으로』 초판.
「독서에 관하여」는 이 소설의 서정을 예고했다.

침울한 주거지에 행복을

이 글은 프루스트가 절친한 친구 클레망 드 모니 백작의 부인으로 데생과 캐리커처 화가인 리타 드 모니Rita de Maugny의 『비스투리 왕국에서Au royaume du Bistouri』에 부치는 서문이다. 『비스투리 왕국에서』는 1919년 제네바의 엔 출판사Éditions Henn 에서 출간된 캐리커처 화집이다.

M 백작부인께

부인,

곧 출간될 화집 몇 쪽을 받고서 한편으론 당신의 캐리커처가 2년 전에 보내주신 것처럼 컬러가 아니어서 낙담했습니다. 다른 한편으론 여러 작품이 빠져 아쉬웠습니다. 특히 놀라운 작품 〈잘생기지는 않았지만 걸물입니다Il n'est pas beau, mais c'est quelqu'un〉와 그와 짝을 이루는 〈그녀가 정성을 많이 쏟았으니 용서될 겁니다Il lui sera beaucoup pardonné parce qu'elle a beaucoup soigné〉 같은 작품들에서 당신은 아벨 페브르Abel

Faivre. 석판화, 캐리커처, 삽화로 당대 이름을 떨친 프랑스 화가와 겨룹

니다. 뿌리 깊이 다른 독창성을 간직한 채 말이지요.

색채를 제거한 것이 제겐 실망스럽습니다. 그러면
서 풍경마저 제거되었기 때문입니다. 그런데 당신이
클레망을 알기 훨씬 전부터 그는 저의 절친한 친구였
습니다. 우리는 사부아 지방에서 해 질 무렵 어둠이
곧 집어삼킬 몽블랑이 한순간 분홍빛으로 물들어가
는 광경을 바라보며 얼마나 많은 저녁을 함께 보냈는
지 모릅니다! 그러곤 제네바의 호수에서 토농Thonon
으로 가기 전에, 제가 아직 출간되지 않은 책 몇 권
중 하나에서 묘사한 것과 아주 닮은 작은 기차를 탔
습니다. 이 책들은 나오는 대로 한 권씩 보내드리겠
습니다. 신이 제게 목숨을 꿔준다면 말이지요. 그 작
은 기차는 성격도 좋고 인내심도 많아서 늦게 도착
하는 사람들을 필요한 만큼 기다렸는데, 심지어 출발
했다가도 누군가 손짓을 하면 기차만큼 숨을 헐떡이
며 전속력으로 달려오는 사람들을 태우려고 멈춰 서
곤 했습니다. 전속력으로 달려오는 사람들은 현명하
게 느려질 줄 아는 기차와 달랐지요. 토농에서 기차

가 오래도록 정차하는 동안 우리는 초대 손님들을 마중하러 온 사람, 신문을 사러 온 사람, 그리고 그저 아는 사람을 만나는 것 말고는 볼일 없이 들른 게 아닐까 의심되는 많은 사람과 악수를 나눴습니다. 토농역의 정차는 일종의 사교 활동이었지요.

그런데 부군의 선조들이 거주하신 오래된 저택 M성은 토농보다 한참 높은 곳에 자리하고 있지만, 감탄을 자아내는 그 마을에 에메랄드처럼 박혀 있었습니다. 당신이 쓰는 색채는 제게 언제나 그곳의 색채를 생각나게 했습니다. 아주 오래 전, 당신이 멋진 간호사로 지칠 줄 모르는 헌신을 다하면서도 쾌활함을 잃지 않고 일할 때부터 당신은 영웅적인 자리를 차지한 그 환경에서 아주 특별한 희극성을 끌어냈지요. 〈이봐요, 일어나세요, 자기 전에 약 먹을 시간입니다 Réveillez-vous mon ami, c'est l'heure de prendre la potion pour dormir〉 같은 그림도 당신의 화집 『호사와 빈곤Splendeur et misère』의 한 장 전체를 채우는 회개한 뚱보 부인들, 화류계 여자들이 아니라 뒤늦게 성녀가 된 귀부인들을 묘사한 그림만큼이나 길이 남을 만합니다.

프루스트가 서문을 쓴 『비스투리 왕국에서』 표지.

Le dernier cher Blessé : Lᵗ Tourte, Aimé, du 1 Chasseurs alpins

『비스투리 왕국에서』에 실린 모니 백작부인의 그림.

그런데 이 모든 것 가운데 M 성은 어떻게 되었는지 말씀해주시겠습니까? 그 성은 아직도 제 눈에 선합니다. 『프라카스 대위』 도입부에 나오는 시고냑이 살고 있던 성 기억나십니까? 솔직히 말씀드려 M은 감탄할 만하지만 더 유쾌하지는 않았습니다. 시고냑이 어둠 속에서 시작한 책을 어둠 속에서 끝내도록 넓은 성으로 돌아오게 하고 싶었던 고티에는 출판업자들이 유쾌하고 밝고 의기양양한 결말을 요구하자 조금 난감해했습니다. 특히 그의 딸(쥐디트 고티에Judith Gautier)에게는 그런 결말이 덜 사실적으로, 덜 '현실'처럼 보였지요. 그럼에도 그는 그렇게 합니다. 그 후로 당신이 나타나서 그가 옳았다고 인정해주는군요. 당신은 클레망과 결혼하면서 침울한 주거지에 행복을 데려갔습니다. 당신의 매력과 재치가, 함께 나누는 사랑이 오래된 돌들을 미소 짓게 만들었지요.

존경하는 제 마음을 전합니다.

달콤한 비축품

이 글은 프랑스 작가 폴 모랑Paul Morand의 『달콤한 비축품·Tendres Stocks』에 부치는 서문이다. 폴 모랑의 첫 책인 『달콤한 비축품』은 클라리스, 델핀, 오로르라는 이름의 여자들을 그린, 세 편의 초상을 묶은 책으로 1921년에 출간되었다.

아테네 사람들은 실행이 느리다. 우리의 미노타우로스 모랑에게 젊은 아가씨 혹은 부인을 아직 세 명밖에 데려오지 않았는데 계약상으론 일곱이 예정되어 있다. 하지만 아직 한 해가 끝나지 않았다. 속마음을 털어놓지 않은 많은 지원자들이 클라리스와 오로르처럼 명예로운 운명을 원하고 있다. 나는 이 아름다운 여인들의 이름을 단 달콤한 단편소설들에 진짜 서문을 쓰는 쓸모없는 수고를 하고 싶었다. 그런데 갑작스러운 일이 생겨 그러지 못하게 되었다. 웬 낯선 여자가 내 뇌에 눌러앉았더니 들락거렸다. 그녀가 사는 일상을 보면서 나는 그녀의 습관을 알게 되었다. 게

폴 모랑

다가 그녀는 세심한 세입자여서 나와 직접 관계를 맺고 싶어 했다. 나는 그녀가 아름답지 않다는 걸 보고서 놀랐다. 나는 죽음이 아름다울 거라고 늘 믿어왔는데. 그렇지 않고서야 죽음이 어떻게 우리를 압도하겠는가? 어쨌든 그녀는 오늘 자리를 비운 것 같다. 물건들이 그대로 남아 있는 걸 보니 아마 오래 있진 않을 모양이다. 그녀가 내게 허락해준 휴식을 누리는 편이 현명할 것이다. 이미 저명해서 서문 따위는 필요 없는 작가를 위해 서문을 쓸 게 아니라.

내 관심을 다른 데로 돌려놓아야 했던 또 다른 이유도 있다. 나의 소중한 스승 아나톨 프랑스를 안타깝게도 나는 벌써 20년 넘게 다시 보지 못했는데, 그가 얼마 전에 문체에서 모든 개별성을 배제해야 한다고 선언하는 글을 〈르뷔드파리〉에 실었다. 그런데 폴 모랑의 문체가 독특한 건 분명하다. 혹시라도 내가 아나톨 프랑스 선생을 다시 볼 기쁨을 누리게 된다면, 나를 대하는 그분의 호의적인 모습이 지금도 눈에 선한데, 나는 그분께 사람들의 감성이 개별적인데 어떻게 문체의 단일성을 믿을 수 있는지 물어볼 것이다.

심지어 문체의 아름다움도 생각이 생겨난다는 기호로, 우발적으로 구분된 사물들 사이의 필수적인 관계를 생각이 발견하고 이었다는 확실한 기호다. 『실베스트르 보나르의 범죄Le Crime de Sylvestre Bonard』아나톨 프랑스의 첫 소설에서도 고양이들이 제공하는 야만성과 부드러움, 이 이중의 인상이 놀라운 한 문장에 실려 있지 않은가. "나는 다리를 길게 뻗으며 그에게 말했다. 하밀카르, 책의 나라에서 졸고 계신 왕이시여……(나는 눈 아래 책을 펼쳐두고 있지 않다) 당신의 군사가 지키고 있는 이 나라에서 술탄의 왕비처럼 나른하게 주무시라. 당신은 타타르 전사의 무시무시한 모습과 동양 여인의 둔중한 매력을 겸비하고 있습니다. 영웅적이면서 관능적인 하밀카르……." 그러나 아나톨 프랑스는 이 글이 감탄을 자아낸다는 데 동의하지 않을 것이다. 그는 18세기 말부터 작가들이 글을 제대로 못 쓴다고 생각하기 때문이다.

18세기 말부터 작가들이 글을 제대로 못 쓴다……. 사실 이 생각은 많은 성찰을 야기할 수 있을 것이다. 19세기의 많은 작가들이 글을 잘 쓰지 못했다는 사실엔 의심의 여지가 없다. 아나톨 프랑스가 우리에게 기조François Guizot. 프랑스 정치인·비평가·역사가와 티에르Adolphe Thiers. 변호사, 저널리스트. 프랑스의 제3공화국 첫 대통령를 넘기라고(기조에게는 큰 불명예가 될 접근) 요구할 때 우리는 가벼운 마음으로 그의 말을 따라, 다른 이름들이 호명되길 기다리지 않고 우리 스스로 그가 원할 만한 인물인 빌맹Abel-François Villemain. 교수, 각기, 정치인과 쿠쟁Victor Cousin. 철학자, 정치인을 모두 그에게 보낸다. 텐Hippolyte Taine. 철학자, 역사가은 고등학생들에게 더 강렬한 인상을 주기 위한 입체 지도처럼 색칠된 산문으로 어느 정도 예우를 받을 수 있겠지만 그래도 쫓아 보낸다. 도덕적 진리에 대한 정확한 표현을 고려해서 르낭Ernest Ernest Renan. 언어학자, 종교사가은 남겨두더라도, 그가 때로는 대단히 글을 못 쓴다는 사실은 밝혀두겠다. 색깔이 너무 도드라져 저자가 희극적인 효과를 노린 것만 같은 그의 최근 저작들은 말할 것도 없고, 감탄사와 성가대 아이의 과장된 감정 표현이 남발된 초기 작품들도 그렇고 아름다운 『기독교의 기원Origines du christianisme』은 대부분 잘 쓰지 못했다. 수

준 높은 산문작가에게서는 보기 드문, 묘사 능력의 결핍이 보인다. 예수가 처음 도착한 예루살렘의 묘사는 베데커 여행안내서 문체로 쓰였다. "그의 앞에서 아름다운 재료, 완벽한 제작, 장엄한 위엄을 갖춘 고대의 건축물들이 완성도를 겨룬다. 독특한 취향의 웅장한 무덤들이 늘어서 있다……" 등등. 그렇지만 이것은 각별히 '손봐야 할' 구절이었다. 그리고 르낭은 모든 '구절'에 아리 스헤퍼르Ary Scheffer. 네덜란드 화가나 구노Charles Gounod. 프랑스 작곡가(세자르 프랑크가 오라토리오 〈대속Rédemption〉의 부자연스럽고 장중한 막간극만 썼다면 그도 포함시켜야 할 것이다)처럼 끔찍한 장중함을 부여해야 한다고 생각했다. 책 한 권 혹은 서문한 편을 훌륭하게 끝내기 위해 그는 결코 어떤 인상에서 탄생한 것이 아닌, 착한 학생이나 가질 법한 이미지들을 활용한다. "이제 사도의 나룻배는 돛을 펼칠 수 있을 것이다" "내리꽂히는 빛이 헤아릴 수 없이 많은 별들에게 자리를 내주었을 때" "죽음이 양 날개로 우리를 쳤다". 그럼에도 예루살렘에 체류하는 동안 르낭이 예수를 "민주적인 유대 청년"이라 부르며 그 "촌사람"에게서 "줄곧" 새어나오는 "순진함"에 대해 말할 때 사람들은, 내가 예전에 그런 적이 있듯이, 르낭의 재능을 인정하면서도 『예수의 생애』가 기독교의 〈아름다운 헬레네〉자크 오펜바흐의 오페라 같은 건 아닌지 자문하게 된다. 그러나 아나톨 프랑스가 너무 조급하게 의기양양해하지 않기를 바란다. 문체에 대한 우리의 생각은 추후에 그에게 말할 것이다. 그런데 19세기가 이 점에 있어서 틀렸던 게 확실하지?

보들레르의 문체는 대개 외향적이고 충격적인 특징을 보이는데, 하지만 그것이 단지 힘의 문제라면 그 힘에 필적할 만한 힘이 있었던가? 아마 자비를 얘기하는 그의 시보다 덜 자비롭고 더 강력한 글을 쓴 사람이 없을 것이다.

성난 천사가 하늘에서 독수리처럼 덤벼들어
이교도의 머리털을 덥석 움켜쥐고
흔들어대며 말하기를, "네게 율법을 가르쳐주마……
찌푸리지 않고 사랑해야 함을 알아라,
가난한 자, 악한, 비뚤어진 자, 천치를.

예수가 지날 때, 네 자비심으로
승리의 양탄자를 예수께 깔아드리기 위해……"

헌신적인 영혼들의 본질은 덜 표현할지라도 아래
시구보다 더 숭고한 글도 없을 것이다

……그들에게 날개를 빌려준 헌신에게 여자들이 말
했다
힘센 히포그리프여, 나를 하늘까지 실어가다오!

더구나 보들레르는 고전주의의 대시인이고, 기이하
게도 이 형태의 고전주의는 그림의 파격과 비례해서
확장된다. 라신은 훨씬 심오한 시를 썼지만, 숭고한
「유죄 선고 받은 시Poèmes condamnés」의 문체보다 한결
덜 순수한 문체로 썼다. 가장 큰 파문을 일으킨 작품
에서.

내동댕이쳐진 쓸모없는 무기처럼 축 늘어진 두 팔,
이 모두가 그녀의 가냘픈 아름다움을 치장했다……

샤를 보들레르

보들레르의 이 시구는 꼭 라신의 『브리타니쿠스 Britannicus』에서 가져온 것처럼 보인다.

가련한 보들레르! 그는 생트뵈브에게 글을 구걸해 (참으로 부드럽고 공손하게도!) 결국 다음과 같은 찬사를 얻어낸다. "확실한 건 보들레르가 눈에 띄는 데에는 성공했다는 것이다. 우리는 기이하고 상궤를 벗어난 사람이 들어오리라 기대하고 있다가 예의 바르고 정중하고 착한 아이 같은, 형태에서도 완전히 고전적이고 언어도 고상한 지원자를 만나게 된다." 『악의 꽃』에 써준 헌사에 감사하기 위해 생트뵈브가 찾아낸 유일한 찬사는 이 시집이 전혀 뜻밖의 효과를 내더라는 것이다. 그는 결국 상반된 의미로 해석될 수 있는 형용사들 "재치 넘치는"이며 "능란한" 같은 말로 시 몇 편을 수식한다. 그러곤 묻는다. "그런데 왜 라틴어 아니면 그리스어로 쓰지 않았을까?" 프랑스 시에 바치는 참으로 멋진 찬사가 아닌가! 생트뵈브와 보들레르의 이 관계(생트뵈브의 멍청함이 너무도 눈에 두드러져 혹시 비겁함을 숨기려는 건 아닐까 생각된다)는 프랑스 문학사에서 가장 비통하면서 동시에 희극적인 페이지 가운데 하나다. 잠깐 동안 나는 다니엘 알레비Daniel Halévy, 역사가가 〈미네르브프랑세즈Minerve française〉라는 일간지에 쓴 글에서 보들레르에게 악어의 눈물을 보이며 "가련한 친구, 고통을 많이 받으셨나 봅니다"라고 말하는 생트뵈브의 위선적인 문장들을 가지고 감동을 주려고 시도했을 때 나를 놀리는 게 아닐까 생각했다. 생트뵈브는 감사의 말이랍시고 보들레르에게 이렇게 말한다. "나는 당신을 야단치고 싶습니다……. 당신이 땀을 뻘뻘 흘려가며 페트라르카를 모방해 혐오스러운 것에 대해 쓰고 있기 때문입니다. 그래서 (기억을 더듬어 인용한다) 언제 함께 바닷가를 걷게 되면 당신 다리를 걸어 넘어뜨려 당신이 물살을 헤치고 헤엄쳐 나오게 하고 싶습니다." 이 이미지 자체에 지나친 중요성을 부여하진 말아야 한다.(더구나 이 이미지는 글 속에 있을 때 한결 낫다.) 왜냐하면 이 모든 것에 대해 아무것도 알지 못하는 생트뵈브는 사냥과 바다 등에 관해 자신만의 이미지를 가지고 있었기 때문이다. 그는 종종 말했다. "나는 나팔 소총을 들고 힘차게 허허벌판으로 가서 저격병처럼 쏘고 싶다." 그리고 어떤 책에 대해 이렇게도 말했다. "이것은 에칭 그림이다." 그는 동판 에칭을 모르는 모양이었지만, 문학적인 관점에서 그런 건 문제 되지 않으며 귀엽고 매력적이라고 생각했다. 그런데 어떻게 다니엘 알레비는(그를 본 지가 25년이나 되었는데, 그는 점점 더 권위만 늘어간다) "땀을 뻘뻘 흘려가며 페트라르카를 모방"하는 자가 문장을 짜깁기하는 교활한 얼치기가 아니라 우리가 빚을 진 위대한 천재(내가 보기에는 전혀 뻘뻘 땀 흘리지 않고 "물살을 헤치고" 있는)라고 진지하게 생각할 수 있을까?

> 지도와 판화를 사랑하는 아이에겐
> 우주가 그의 엄청난 식욕과 맞먹는 것.
> 아! 등불이 비추는 세계는 얼마나 큰가!
> 추억의 눈으로 본 세계는 작기만 한데!

이 모든 일 중에서도 최악은 보들레르가 『악의 꽃』때문에 쫓길 때 생트뵈브가 그를 위해 증언은 하지 않고 그에게 편지만 한 통 보냈는데 그 편지를 공개할

의향이 있다는 걸 알자마자 그마저 서둘러 돌려달라고 했다는 사실이다. 훗날 『월요일의 한담Causeries du Lundi』에 그 편지를 실으면서 생트뵈브는 짧은 서문(그 편지를 조금 더 순화시킬 목적으로 쓴)을 덧붙이고는 그 편지를 "보들레르를 옹호해 도울 생각으로" 썼다고 말한다. 보들레르에게 찬사를 보낸들 그리 위험한 일은 없었건만. "시인 보들레르(그는 이렇게 불렸다)는 모든 주제에서, 모든 꽃에서 유독한, 심지어 꽤 유쾌하게 유독한 정수를 빼내느라 수년을 보냈다. 게다가 그는 재기도 있고, 때때로 꽤 상냥하고, 애정을 쏟을 능력이 있는 사람이었다. 그가 『악의 꽃』이라는 제목의 시집을 출간했을 때 비평계뿐만 아니라 사법부까지 개입했다. 마치 우아한 운율 속에 암시되고 은폐된 그 악의가 정말 위험하기라도 한 것처럼."(괄호를 치고 하는 얘기지만 이 글은 "가련한 친구, 고통을 많이 받으셨나 봅니다"라는 말에 그리 부합해 보이지 않는다.) 게다가 생트뵈브는 이 옹호 계획을 얘기하면서 어느 저명한 시인을 언급한다.("내 의도는 황제가 사회장을 치러야 마땅하다고 판단한 어느 저명한 시인, 모두에게 소중한

샤를 오귀스탱 생트뵈브

어느 시인의 명예를 깎아내리려는 것이 결코 아니다.") 딱하게도 드디어 그로부터 찬양받은 그 시인은 보들레르가 아니라 베랑제다. 보들레르는 생트뵈브의 조언에 따라 아카데미 회원에 입후보한 것을 철회한다. 대비평가께서는 그런 그를 이런 말로 치하하며 그가 아주 기뻐하리라 생각한다. "당신이 참으로 겸손하고 공손한 말로 쓴 감사의 말의 마지막 문장을 읽고 우리는 큰 소리로 말했습니다. 아주 좋아." 무엇보다 끔찍한 일은 생트뵈브가 스스로 보들레르에게 아주 친절했다고 여겼을 뿐 아니라, 딱하게도 최소한의 정의도 격려도 없는 끔찍한 상황에 처한 보들레르가 이 비평가의 의견에 동조하여 문자 그대로 어떻게 그에게 감사의 마음을 전할지 알지 못했다는 점이다.

자신을 잘 알지 못했던 천재의 이야기가 참으로 흥미진진하지만, 우리는 이 이야기에서 벗어나 문체로 돌아가야 한다. 문체가 스탕달에게나 보들레르에게 동일한 중요성을 갖지 않았다는 건 분명하다. 벨 스탕달의 본명은 앙리 벨Henri Beyle이다은 어느 풍경에 대해 "이 매혹적인 장소들" "이 눈부신 장소들"이라 말하고, 그의 여주인공 가운데 한 사람에 대해 "이 사랑스러운 여자" "이 매력적인 여자"라고 말하며 그 이상 자세히 쓰려 하지 않았다. 그저 "그녀는 그에게 무한히 긴 편지를 썼다"라고 말할 정도로 줄여서 말했다. 그러나 생각의 의식적 조합이 가리고 있는 무의식적인 골조를 문체의 일부라고 간주한다면, 스탕달에게도 그건 존재한다. 나는 쥘리앵 소렐이나 파브리스가 부질없는 걱정을 벗고 이해관계를 떠나 향락적인 삶을 살 때마다 그들이 언제나 높은 곳(블라네스 신부의 종탑 망루, 파브리스의 감방 혹은 쥘리앵의 감방)에 있다는 사실을 즐거이 입증해 보일 수 있을 것이다. 이것은 도스토옙스키의 작품 속 여기저기서 자신들이 살해했다는 걸 알아차린 인물의 발끝까지 고개 숙여 절하는 인물들, 새로운 천사를 닮은 그 인물들만큼이나 아름답다.

모두 스탕달 책의 등장인물

그 점에서 벨은 위대한 작가였지만 스스로 그걸 의식하지는 못했다. 그는 문학을 삶 아래에 둘 뿐 아니라(오히려 문학은 삶의 소산이건만) 가장 심심한 오락으로 여겼다. 고백하건대 스탕달의 이 문장이 진지한 말이었다면 이것만큼 나를 화나게 할 말이 없을 것이다. "몇 사람이 들이닥쳐서 우리는 아주 늦게 헤어졌다. 조카는 페드로티 카페에서 훌륭한 자바이오네를 시켰다. 나는 친구들에게 말했다. 내가 가는 나라에서는 이런 집을 볼 수가 없을 겁니다. 그러니 긴 저녁 시간을 보내기 위해 여러분의 사랑스러운 산세베리나 공작부인의 얘기를 들려드리지요." 기분 좋게 얘기 나누고 자바이오네를 내놓을 집이 없어서 쓴 『파르마의 수도원』은 시의 반대편에, 혹은 말라르메의 말에 따르면 보편적 삶의 다양하고 헛된 활동들이 지향하는 독특한 12음절 시의 정반대편에 자리하는 것이다.

  "18세기 말부터 작가들이 글을 제대로 못 쓴다." 이 반대도 이 말만큼 사실이 아닐까? 모든 예술에서 재능이란 표현할 대상을 향한 예술가의 접근처럼 보인다. 둘 사이의 거리가 존속하는 한 과업은 끝나지 않았다. 이 바이올린 연주자는 자신의 바이올린 악절을 아주 잘 연주한다. 그러나 여러분은 그 효과를 보고

박수갈채를 보낸다. 그는 명인이다. 이 모든 것이 결국 사라지고 났을 때, 예술가가 바이올린 악절에 완전히 녹아들어 하나가 되어야 기적은 일어날 것이다. 다른 세기들에는 어떤 대상에 관해 이야기하는 고상한 정신들과 대상 사이에 언제나 일정한 거리가 있는 것처럼 보인다. 그러나 이를테면 플로베르의 지성은, 어쩌면 가장 위대하지는 않았던 것 같지만, 만濁에 떠 있는 작은 섬 같은 이끼색 증기선처럼 진동한다. 그러다 더 이상 지성을 찾지 못하는 순간이 닥친다.(플로베르처럼 보통 수준의 지성조차.) 우리 앞에는 "소용돌이치는 물결 아래 일렁이는 뗏목을 만나며 나아가는 배가 있다". 이 일렁임은 지성이 변해 물질과 하나가 된 것이다. 일렁임은 히스와 너도밤나무에도 스며들고, 큰 나무 밑의 정적과 빛에도 스며든다. 생각하는 사람이 사라지고 우리 앞에 사물들을 늘어놓는 이 에너지의 변환이야말로 문체를 향한 작가의 근본적인 노력이 아닐까?

그러나 아나톨 프랑스는 동의하지 않는다. 그는 앙드레 쇼메Andre Chaumeix. 프랑스 저널리스트가 새롭게 간행

한 〈르뷔드파리〉를 화려하게 여는 글에서 우리에게
묻는다. "당신의 규준은 무엇인가?" 그리고 그가 우리
에게 제시하는 이들, 요즘 작가들이 글을 못 쓴다고
보는 이들 중에서 그는 라신이 「상상 이단Imaginaires」
에 반박하며 쓴 편지들*을 인용한다. 우리는 다양한

* 얀센주의의 근거지였던 포르루아얄의 신학자이자 문법학자
피에르 니콜Pierre Nicole은 얀센주의를 이단으로 본 극작가
장 데마레 드 생소를랭Jean Desmarets de Saint-Sorlin에 반박
하면서 쓴 「상상 이단」이라는 글에서 연극이 "영혼을 타락
시킨다"라고 비난했고, 이에 라신은 옛 스승이었던 피에르
니콜에게 격한 어조로 반박 편지를 썼다.

형태를 취하는 생각에 대한 유일한 문제의 독자성을
의미할 '규준'이라는 원칙 자체를 거부한다. 그러나
꼭 하나를 선택해야 한다면, 아나톨 프랑스가 이해
하는 것처럼 무거운 규준이 아니라면, 결코 라신의
편지를 택하지는 않을 것이다. 그 편지만큼 메마르고
빈곤하고 아쉬운 글이 없다. 아주 빈곤한 생각을 담
는 형태가 가볍고 날렵하기란 어렵지 않다. 그런데 라
신이 쓴 편지의 형태는 가볍고 날렵하지 않다. "원하

신다면, 여러분들 가운데 한 분의 말대로, 선생께서 포르루아얄 사람이 아니라고 믿어드리겠습니다……. 그 편지를 읽은 사람들 가운데 포르루아얄이 **그 편지**를 받아들이고, 그분들이 **그 편지**를 배포하지 않았다면 그걸 쳐다보지도 않았을 사람이 얼마나 많겠습니까?" "이를테면 선생께서는 샤미야르Michel Chamillart의 감탄문에 대해 **말하면서** 그의 O가 숫자 0일 뿐이라고 하며 대단히 유쾌한 무언가를 **말한다고** 생각합니다……. 당신이 **재미있으려고** 노력한다는 건 잘 알겠습니다. 그러나 그런 방식으론 **재미있을** 수 없지요." 그가 쓴 이 반복 표현들이 생시몽이 쓴 한 문장의 격정을 멈춰 세우지는 못할 게 분명하지만, 여기 어디에 격정이 있고 시가 어디 있으며 문체가 어디 있는가? 「상상 이단」의 저자에게 쓴 이 편지들은 정말이지 라신과 부알로가 의학에 관한 소견을 주고받는 우스꽝스러운 편지만큼이나 허술하다. 부알로의 속물근성(차라리 요즘 공무원이 공직 세계에 보이는 지나친 공손 같다고 할까)은 의사의 진료보다 루이 14세의 의견(의견을 내놓지 않을 만큼은 현명한)을 더 좋아할 정도다. 그는 룩

셈부르크를 빼앗는 데 성공한 왕이 "하늘로부터 영감을" 받기에 의학 분야에서조차도 "신탁"을 선호할 수밖에 없다고 믿는 것이다.(나는 나의 스승들인 레옹 도테와 샤를 모라, 그리고 그들의 달콤한 경쟁자 자크 뱅빌이 상당한 근거를 갖고 오를레앙 공을 존경하지만 의학적인 상담을 받으러 오를레앙 공을 찾아가지는 않으리라고 확신한다.) 게다가 부알로는 덧붙여 말한다. 왕께서 지기 소식을 물었다는 사실을 알면 "목소리뿐만 아니라 말까지 잃을 만큼" 기뻐하지 않을 사람이 누가 있겠습니까?

이것이 한 시대만의, 이 시대만의 문제라고 말하지는 말기 바란다. 서간 문제는 언제나 그랬다. 멀리 갈 것도 없이 1673년 어느 수요일(아마 12월인 것 같다), 다시 말해 1666년의 「상상 이단」과 1678년의 라신과 부알로의 편지 중간 즈음에 드 세비녜 부인Marquise de Sévigné. 서간문 작가은 마르세유에 대해 이렇게 썼다. "나는 이 도시의 독특한 아름다움에 매료되었다. 어제 날씨는 흠잡을 데 없이 화창했고, 내가 바다와 성곽, 산과 도시를 발견한 장소는 놀라운 곳이었다. 어제

129

그리냥 씨가 도착하자 많은 기사들이 찾아왔다. 생에 렘Saint-Hérem 등 아는 이름들. 모험을 즐기는 사람들, 검劍, 우아한 모자, 전쟁과 소설, 항해와 모험, 쇠사슬과 노예, 예속과 속박에 대한 생각을 묘사하도록 타고난 사람들. 소설을 좋아하는 나는 이 모든 것에 매료되었다." 물론 이것은 내가 좋아하는 세비녜 부인의 편지 가운데 하나가 아니다. 그럼에도 창작 속에 발휘된 그녀만의 배색법과 다양성은 루브르의 '프랑스 관람객'을 위한 얼마나 멋진 그림인가. 이 위대한 작가는 묘사할 줄을 알았다! 화려한 그대로의 이 그림을 나는 세비녜 부인이 딸의 혼인으로 맺어진 데 참으로 자부심을 느꼈던 그리냥 가문세비녜 부인의 딸 프랑수아즈-마르그리트 드 세비녜가 그리냥 백작과 결혼해서 그리냥 백작부인이 된다의 한 사람인 내 친구 카스텔란 후작에게 바친다.

이런 글에 비해 우리가 앞에서 말한 빈약한 편지는 큰 자리를 차지하지 못한다. 그렇다고 부알로가 이따금은 달콤한, 훌륭한 시인이 못 된다는 건 아니다. 그리고 틀림없이 천재적인 재능을 타고난 웬 히스

테리 여자 환자가 라신의 내면에서 월등한 지능의 통제를 받으며 몸부림쳤을 것이며, 그의 비극 작품 속에서 그를 위해 필적할 데 없는 완벽함으로 열정의 밀물과 썰물을, 다양한 키질을 철저히 파악하고 연기했을 것이다. 그러나 『페드르Phèdre』의 장면에 흉내 낼 수 없도록 혼을 불어넣는 모든 고백들(잘못 받아들여졌다고 느껴지면 이내 절회하고, 분명하게 말했지만 그림에도 이해되지 않았을까 봐 걱정이 되면 반복하고, 명백함에 이를 때까지 그토록 구불구불한 우회를 하느라 더욱 무거워진 고백들)을 보면 우리는 「상상 이단」에 반박하는 라신의 편지 앞에서 거듭 놀랄 뿐 결코 매혹될 수가 없다. 우리가 이 편지들에서 발췌할 수 있는 것과 같은 유형의 규준을 반드시 하나 선택해야 한다면 우리는 아나톨 프랑스의 말처럼 작가들이 이미 글을 쓸 줄 모르던 시대에 제라르 드 네르발이 알렉상드르 뒤마에게 헌정한 서문을 고르고 싶다. "이 시들(그의 소네트)은 설명되면 매력을 잃을 것이다. 설명이 가능하기나 하다면 말이다. 적어도 내게 표현의 재능만큼은 인정해주시라. 아마도 내게 남을 마지막 광기는 나를 시인으로 믿는 것일 것이다. 나의 이 광기를 치료하는 건 비평의 몫이다." 이러니, 잘 쓰인, 훨씬 잘 쓰인 「상상 이단」을 규준으로 삼는 건 어떨까. 그러나 우리는 어떤 종류의 '규준'도 원치 않는다. 사실은(아나톨 프랑스는 누구보다 이걸 잘 안다. 왜냐하면 그가 누구보다 모든 걸 잘 알기 때문이다) 이따금 독창적인 새 작가가 나타난다.(원한다면 그 작가를 장 지로두Jean Giraudoux, 폴 모랑이라고 부르자. 이유는 모르겠지만 경이로운 『샤토루의 밤Nuit à Châteauroux』에서처럼 사람들은 언제나 모랑과 지로두를 비교하니까.) 그 새 작가는 대개 읽기 피곤하고 이해하기 어렵다. 그가 사물들을 새로운 관계로 잇기 때문이다. 우리는 문장의 앞쪽 반까지는 잘 따라가지만 그 후론 처진다. 그래서 우리는 그 새 작가가 우리보다 그저 훨씬 명민하기 때문이라고 느낀다. 그런데 독창적인 화가들처럼 독창적인 작가들이 있다. 르누아르가 그림을 그리기 시작했을 때 사람들은 그가 보여주는 사물들을 알아보지 못했다. 오늘날엔 그를 18세기의 화가라고 말하기 십상이다. 그러나 그런 말을 하면서 우리는 시간이라는 인자를 빠뜨린다. 19세기 한창때조차도 르누아르는 위대한 화가로 인정받기까지 많은 시간이 필요했다. 독창적 화가, 독창적 작가는 인정받기 위해 안과 의사의 방식으로 행동한다. 치료—그들의 그림, 그들의 문학을 통한 치료—가 언제나 유쾌한 건 아니다. 치료가 끝나면 그들은 우리에게 말한다. 이제 보세요. 그러면 한 번 창조된 것이 아니라 새로운 화가가 나타닐 때마다 창조되는 세상—옛 세상과 전혀 다른 세상—이 우리에게 완벽히 명료하게 모습을 드러낸다. 우리는 르누아르나 모랑 또는 지로두의 여자들을 좋아한다. 우리는 치료받기 전에는 그들 안에서 여자를 보길 거부했다. 처음엔 숲만 빼고 모든 것이 우리 눈에 보였던 숲속, 이를테면 숲의 뉘앙스만 빠진 수천 가지 뉘앙스가 가득한 숲속에서 이젠 거닐고 싶어진다. 소멸하기 마련인 세계, 예술가가 창조한 새로운 세계, 다시 새로운 예술가가 나타날 때까지 지속될 세계가 그러하다. 거기엔 첨가해야 할 것이 많을 것이다. 하지만 독자는 이미 그것을 짐작하고서 클라리스, 오로르, 델핀을 읽으면서 나보다 더 자세하게 잘 밝힐

피에르 나르시스 게랭, 〈페드르와 이폴리트Phèdre et Hippolyte〉, 1802.

것이다.

내가 모랑에게 하고 싶었던 유일한 비난은 그가 이따금 피할 길 없는 이미지가 아닌 다른 이미지들을 가졌다는 점이다. 그런데 그 모든 근사치 이미지들은 중요하지 않다. 물은 (주어진 조건에서는) 섭씨 100도에 끓는다. 98도, 99도에서는 현상이 일어나지 않는다. 그러니 이미지가 없는 편이 낫다. 바그너도 베토벤도 알지 못하는 누군가를 6개월 동안 피아노 앞에 앉혀두라. 그리고 건반에서 닥치는 대로 음의 온갖 조합을 시도하게 하라. 그런 두들김으로는 발키리의 봄 테마나 15세기 사중창의 멘델스존 이전 음악(혹은 멘델스존을 무한히 뛰어넘는 음악)의 악절은 결코 탄생하지 않을 것이다. 이것이 페기Charles Pierre Péguy. 시인, 사상가, 산문작가가 살아 있는 동안 사람들이 그에게 할 수 있었던 비난이다. 하나의 사물에 대해 말하는 데는 한 가지 방식뿐인데 열 가지 방식을 시도했다고 말이다. 그의 아름다운 죽음의 영광이 모든 걸 지웠다.

조금 전에 내가 암시했던 장면에서 페드르가 말하듯이, 여기까지 우리의 미노타우로스 모랑이 자신의

"넓은 은신처"의 우회로를 찾은 건 다이달로스에 비길 만하지 않은 건축가들이 세운 프랑스와 외국의 궁전들에서였다. 거기서 그는 날개 같은 소매가 달린 실내복 차림을 하고 경솔하게 미로로 내려온 젊은 여자들을 염탐한다. 그 궁전들을 그보다 잘 알지 못하는 나는 그에게 아무 도움이 되지 못하기에 그의 "불안한 당혹감은 커지기만 할 것이다". 아니다. 그가 대사가 되어 폴 모랑은 작가이자 외교관이었다 영사인 스탕달과 경쟁하기 전에 발벡 호텔을 방문하고 싶어 하니 나는 그에게 운명의 끈을 빌려줄 것이다.

접니다, 왕이시여, 제가 유용한 도움으로
당신께 미로에서 빠져나갈 길을 알려드렸지요. 장 밥티스트 라신의 『페드르』의 한 구절.